Ciao Pilote !

Jacques Delahaie

Ciao Pilote !

Science-fiction

Édition : BoD – Books on Demand, info@bod.fr
Impression : BoD – Books on Demand, In de Tarpen 42,
Norderstedt (Allemagne)

Impression à la demande

Illustration : BOD

ISBN : 978-2-3225-0218-9
Dépôt légal : Novembre 2023

CHAPITRE 1

D'abord il y avait eu un bruit de pas. Des pas résonnant de façon sèche dans l'écho du boyau bétonné. Les pas militaires des geôliers. Un trousseau de clefs avait ouvert bruyamment une à une des portes. Et les pas s'étaient rapprochés de la cellule. Le Lieutenant Lucio Brenny, des forces spatiales terriennes, se savait seul dans cette partie souterraine de la prison. Il attendit la suite de l'évènement. Sa demande de grâce avait été rejetée. Son avenir se résumait à un peloton d'exécution. Il regarda une dernière fois l'univers de ses derniers jours, un cachot triste aux murs recouverts d'une peinture blanche, et se leva. La mort vaut la peine d'être toisée dans les yeux.

Il devait être exécuté le matin même pour meurtre. Il avait passé en grande partie sa dernière nuit à essayer de se souvenir de ce qu'il s'était passé ce soir-là.

Les faits lui avaient été décrits à de nombreuses reprises pendant le procès. Peine perdue. Le déclic espéré avant l'ultime matin n'avait pas eu lieu. Et il pressentait qu'il allait mourir sans savoir s'il était coupable ou pas.

C'est vrai que ce soir-là, il était en permission. Avec des camarades de son unité, il avait décidé de faire la fête et ils étaient descendus en ville. Là, lui-même l'avait reconnu, ils avaient pas mal picolé et enchaîné, sans doute de façon exagérée, sur des acides de mauvaise qualité. Puis ils étaient arrivés dans le quartier chaud. C'est alors que le trou noir commençait. Il avait été bien obligé d'admettre qu'il s'y était rendu, puisque des témoins l'avaient reconnu. Mais certains affirmaient aussi l'avoir vu dans l'encadrement d'une fenêtre, d'où une prostituée était tombée. Comme tous avaient été unanimes, c'était sans doute vrai. La fenêtre était au cinquième étage, la fille n'avait pas survécu. Et comme il était seul dans la chambre, il s'était retrouvé en cour d'assises pour meurtre.

La nuit se faisait maintenant moins noire à travers le soupirail qui servait de fenêtre à son cachot. L'aube commençait à poindre. Il regretta de ne pas pouvoir la contempler. Il s'en remémora avec nostalgie d'autres, sublimes, qu'il avait pu voir, sur la Terre et sur des planètes éloignées au cours de ses missions.

Les pas des gardiens s'arrêtèrent devant sa cellule. La porte s'ouvrit. Brenny fut face à ceux qui venaient le chercher. Ils étaient deux, le visant avec des pistolasers, chacun d'un côté de la porte. L'un d'eux, sans parler, lui fit signe de sortir. Il s'arrêta dans le couloir. On lui fit comprendre avec le même geste de la tête de marcher devant eux. Le prisonnier et les deux gardes remontèrent le boyau. Nul ne disait mot. Seuls frappaient en cadence les talons de leurs chaussures. Lucio se surprit à suivre le pas militaire des deux autres. Un sous-officier lui avait dit pendant ses classes qu'un vrai soldat le restait jusqu'à la fin. Apparemment, cela comportait aussi le jour des exécutions.

Les premières portes n'avaient pas été refermées. Ils remontèrent peu à peu le couloir. La dernière, celle menant à l'air libre, était cependant verrouillée. Il se demanda quel temps il ferait le jour de sa mort. Il se souvint qu'enfant il n'aimait pas la pluie. On le fit se ranger le long du couloir le temps de l'ouverture. Un souffle d'air frais s'engouffra jusqu'à lui. Il le respira longuement et regarda. Des lambeaux de brume amoncelés au sommet des tours de la vieille citadelle s'irisaient d'un rose nacré aux premiers rayons de l'aube. Le bâtiment datait de l'ère post-atomique, un peu avant que sa conception ne soit dépassée par les bombes fractales. C'était une belle journée pour se promener, lui aurait sans doute annoncé son père. Puis il se rappela qu'il n'avait jamais connu son père. Et il se demanda s'il n'était pas déjà mort.

Un coup de pied brutal derrière ses genoux mit fin à sa rêverie. On lui fit traverser la cour, déserte à cette heure-ci, pour aller vers la tour réservée aux bureaux. Ils en montèrent un à un les étages, sans croiser aucun factionnaire ou planton. Brenny ne comprenait pas. Il n'osait pas croire à une grâce ou à un ajournement. Le dernier niveau était réservé au cabinet du colonel. Le cœur de Brenny battait de plus en plus fort. Quelque chose allait certainement se passer pour lui dans ce bureau, et cela ne pouvait être pire que ce qui l'attendait en bas.

L'un des gardes frappa à la porte du colonel. Quelqu'un cria de l'intérieur quelque chose. Cela devait être un ordre pour qu'il y entre, car les deux soldats le projetèrent dans la pièce. La porte se referma derrière lui.

Deux officiers se tenaient debout près d'une hagiocarte spatiale. L'un était le colonel. Pour autant qu'il pouvait en juger, ne l'ayant que peu croisé, son visage ne semblait pas plus avenant que d'habitude. L'autre était un parfait inconnu. Il portait un uniforme de commandant aérospatial. Ils regardèrent de longues minutes sans dire un mot Brenny, qui s'était instinctivement positionné dans un impeccable garde-à-vous. Le commandant s'approcha de lui, le détaillant lentement de haut en bas, puis de bas en haut. Brenny sentait que ses actions étaient probablement en hausse, bien que ne comprenant toujours rien. Ne voulant pas rester inactif, mais ne sachant que faire, il se borna à durcir encore, s'il le pouvait, son garde-à-vous.

Enfin, s'adressant au colonel, le haut gradé émit un : « Si vous pensez qu'il peut faire l'affaire... », qui montrait bien cependant que lui ne le pensait pas du tout. Puis il se tourna vers Brenny :

— Vous vous appelez Lucio Brenny. Vous avez été emprisonné pour un viol suivi d'un meurtre que vous avez toujours nié. Vous avez été jugé et condamné à mort. Vous avez fait appel et avez été condamné à nouveau. Vous avez fait une demande de grâce, et elle a été rejetée. Peut-être effectivement que vous n'êtes pour rien dans le vol plané de cette fille. Je n'en sais rien et pour vous parler franchement cela m'est égal. Des gens ont vu un militaire complètement défoncé, c'est-à-dire vous, mettre le nez à la fenêtre d'où elle venait de tomber. Pour eux vous êtes coupable, c'est bon, nous on vous condamne, et moi ça me suffit. Personne ne pourra jamais croire que vous étiez là par hasard. Si tout se passe comme prévu, vous serez abattu d'une balle dans la nuque en sortant d'ici. On est contre les pelotons d'exécution pour les violeurs. Aux yeux de l'Armée, comprenez-le, vous êtes un salaud car vous avez été condamné. Et personne ne nous en voudra jamais, même si c'est faux.

Ceci dit, certains à l'état-major ont imaginé un plan contre les forces galactiques qui nous ont attaqués. Peu importe ce que j'en pense. Pour le réussir, on m'a demandé de trouver un pilote très bon, salaud et intelligent. D'après votre dossier et le colonel de votre prison vous auriez ces trois qualités-là. Si ça vous dit, vous pouvez vous porter volontaire. Inutile de préciser que vous n'en reviendrez vraisemblablement pas. Est-ce que ça vous tente ? D'un côté une balle dans la nuque d'ici quelques minutes – ça fait peu de temps mais la mort est brève – et de l'autre ce que je vous propose, qui vous fera gagner au moins plusieurs semaines. Encore une fois, il n'y a pas de plan de retour, mais on ne vous en voudra pas si vous revenez. Maintenant c'est à vous de décider. J'attends votre réponse avant d'aller plus loin.

— J'accepte de me porter volontaire pour cette mission mon commandant.

— L'entraînement sera dur et difficile. Pensez-vous être suffisamment courageux pour le supporter ?

— Oui mon commandant.

— Quel qu'il soit ?

— Oui mon commandant.

— C'est ce que nous allons voir. Restez au garde-à-vous.

Le commandant ouvrit la porte, et montra Brenny aux deux soldats qui attendaient. Ils entrèrent, et sans qu'il puisse déceler le moindre signe annonciateur, le frappèrent violemment à coups de poings et de pieds. Il se ramassa en boule pour se protéger dès qu'il comprit, et commençait à se relever pour répliquer lorsque le commandant hurla que chacun se mette au garde-à-vous. Ses deux adversaires obéirent aussitôt en claquant des talons. Aussi décontenancé par cette conclusion que par le passage à tabac, Brenny les rejoignit dans la position, quoique plus mollement et en suçant sa lèvre supérieure éclatée.

— Ce qui vient de vous arriver est aussi léger qu'une averse de plumes à côté de l'entraînement qui vous attend. Vous portez-vous toujours volontaire ?

— Oui mon commandant, tenta de grommeler distinctement Brenny.

— Et bien, soit. Mais je note cependant que vous avez mis plusieurs secondes à réagir à ces coups. Je trouve que c'est un peu long.

Sur un signe du commandant, les deux gardes emmenèrent aussitôt Brenny et ils retraversèrent la cour de la forteresse. Il pensa vaguement à s'enfuir, reconnaissons-le, mais évacua rapidement cette tentation. Même si un hasard extraordinaire lui en fournissait l'occasion, le condamné à mort qu'il était ne se voyait pas survivre à quelques semaines de cavale. Tant qu'à choisir, l'option mission-suicide qu'on lui avait proposée semblait plus viable.

Un petit véhicule couvert attendait, garé dans un recoin, à proximité du mur des exécutions. On le fit monter à l'arrière, et on l'attacha avec des menottes magnétiques. Des vitres noircies ne lui permettaient pas de voir l'extérieur. Les gardes s'assirent à l'avant. Avant qu'ils ne démarrent, il entendit deux déflagrations assez rapprochées, la seconde beaucoup plus longue. Il reconnut l'odeur caractéristique des générateurs des pistolasers et en eut froid dans le dos. Assurément, ils venaient de simuler son exécution : un tir dans la nuque et un deuxième pour désintégrer le corps. Une mission qui commençait par ce genre de mensonge, ça promettait.

Sa destination était une clinique transformée en prison, à moins que ce soit le contraire. Le médecin principal était énergique, et on voyait à ses manières vives qu'il détestait perdre du temps. Les infirmières étaient taciturnes, mais presque souriantes. L'absence de présence féminine pendant ses mois de détention lui faisait les trouver très jolies. Ça aidait à voir la vie à nouveau d'un bon œil.

Il eut droit à un examen médical complet. Il comprit qu'on voulait vérifier si son emprisonnement précédent avait eu des conséquences désastreuses sur son état général. Ce n'était sans doute pas le cas, puisque les différents cachets et potions qu'on lui donnait étaient simplement des fortifiants et des vitamines, d'après ce qu'il put lire sur les étiquettes. Ayant toujours en mémoire les tirs de sa fausse exécution, il obéit docilement à tout ce que les médecins lui ordonnèrent. Il avait droit à une heure de promenade matin et soir, dans une cour fermée. Jamais il n'y croisa aucun autre prisonnier. Peu importe. Et de toute façon il se savait théoriquement mort. Il mit donc à profit ces deux heures de temps libre pour faire des exercices physiques. Il voulait redevenir le Lucio Brenny d'avant la prison le plus rapidement possible.

Au bout de quelques semaines, on le transféra vers un autre endroit. Il s'agissait d'un spatioport militaire. Comme d'habitude dans ce genre d'endroit, une effervescence faussement nonchalante régnait. On chargeait à proximité de là où il attendait, un antique cargo aérien à moteur à hydrogène. Brenny en fut surpris. Depuis que les secrets de la transportation des matières inanimées avaient été découverts, des portes de transfert avaient été implantées un peu partout sur la Terre. Seuls les endroits à faible densité démographique n'en étaient pas équipés. Brenny attendait, avec passivité, la suite des évènements. Aussi, lorsqu'on lui ordonna de monter dans le vieux coucou, il avait déjà décidé de ne pas s'en étonner.

Dans le compartiment réservé aux passagers, il compta une vingtaine d'individus. La moitié d'entre eux, sans aucun doute, étaient malgré leurs costumes civils des militaires rejoignant une base. Quant aux autres, il perçut, sans trop pouvoir se l'expliquer, qu'ils étaient comme lui des prisonniers. Cela lui fut confirmé lorsque cinq soldats commandés par un sergent montèrent. Ils ordonnèrent à Brenny ainsi qu'à ceux qu'il avait identifiés comme des prisonniers en transfert de baisser la tête très bas. C'était bien sûr pour éviter toute communication entre eux, même des yeux. Il put cependant entrapercevoir que le sous-officier faisait inhaler à chacun d'eux un gaz. La mesure était courante et avait pour objet de s'assurer de la tranquillité de condamnés le temps des voyages. Étant donné le zinc qui allait le transporter, il considéra que ce temps de sommeil ne le dérangerait pas. Cela lui éviterait les vibrations, le bruit, et l'interminable durée de voyage où qu'on l'emmenât. Et de toute manière, la question du choix ne se posait pas. Le sous-officier parvint enfin à son siège. Docilement, Breny enfila le masque relié à la bonbonne et aspira fortement. À son grand étonnement, le gaz sentait l'orange. Cela lui sembla paradoxal, car il est bien connu que les agrumes ont des vertus qui... Et Brenny s'endormit brutalement sans pouvoir conclure sa phrase.

Lorsqu'il se réveilla, il était dans une nouvelle cellule qu'il ne connaissait pas. Les sommeils artificiels n'activent pas le monde des rêves, mais ils rendent nauséeux. Il se leva donc difficilement, barbouillé et migraineux. Un repas simple, une purée de divers éléments qu'il ne tenta pas d'identifier, l'attendait posé sur une petite table à côté de sa couchette. Une carafe était à côté d'un robinet. Il s'obligea à se restaurer, puisqu'on semblait l'en prier. Il regarda ensuite son nouvel univers.

Au-dessus de sa couchette une fenêtre vitrée aux carreaux épais et polis. Sur le mur perpendiculaire, une porte d'apparence solide. Les murs semblaient avoir été blancs, un jour. Ils présentaient maintenant, de façon inégalement réparties, toutes les nuances du gris et du marron clair. Le sol, gris lui aussi et strié, était en ciment. Il passa un doigt sur plusieurs endroits, sans y récolter de poussière ou de saleté. Un radiateur électrique fixé sur un des murs fonctionnait. Ça ne valait pas l'hôtel, mais des efforts avaient été faits à son intention. Il ouvrit la fenêtre. À travers des barreaux, le ciel était gris et venteux. Plus loin, il y avait la mer. Il en huma l'odeur, et resta de longues minutes à écouter son bruit mêlé à celui du vent. Ses flots étaient verts et agités, majestueux et pleins de force, tels ceux d'un océan qui n'aurait pas encore connu la terre. Entre sa prison et l'eau, de l'herbe en pente douce. Pas un seul arbre. Des oiseaux de mer planaient dans les courants aériens, mais il ne reconnut pas leurs différentes espèces. Il referma la fenêtre.

Deux soldats vinrent le chercher en fin de journée. Ils lui firent traverser le camp. C'était une sorte de hameau construit avec des cabanes de chantier. Le sol de ce qui servait de ruelles était boueux. Il ne vit pas de clôture ou de barbelés. Juste des miradors dispersés çà et là, comme au hasard. Les uns au milieu des baraques, certains à la lisière du camp, d'autres encore dans une périphérie plus lointaine. Un haut pic rocheux recouvert de verdure montait à l'arrière-plan du baraquement. Il ne comportait pas d'arbre. Lucio pensa vaguement que leur absence pouvait être due au vent.

La cabane dans laquelle on le fit entrer était l'infirmerie. Un type mal rasé et portant une vieille blouse blanche rapiécée et tachée s'affairait à préparer des seringues, assis à une petite table.

— Vous êtes Luciano Berny ?

— Non. Lucio Brenny.

— Ah oui, effectivement, fit l'autre en jetant un coup d'œil sur une fiche. Allongez-vous sur cette banquette. Pas d'allergie connue ?

— Qu'allez-vous me faire ?

— Rien de méchant. C'est juste pour que vous ne nous surpreniez pas. Allongez-vous et n'ayez pas peur. Brenny obéit. Il respira une haleine puant l'alcool lorsque l'autre se pencha vers lui.

— Tendez le bras.

La blouse blanche fit un rapide garrot, désinfecta le bras. Brenny eut furtivement le temps de voir des barrettes de capitaine tatouées sur ses poignets. Qu'est-ce que c'était que cet olibrius, et de quel asile sortait-il ? Un produit lui fut injecté.

— Bien. Ceci va atténuer votre conscience et votre douleur pendant en gros un quart d'heure. Vous pourrez donc continuer de voir, d'entendre et même de parler si vous le souhaitez. Mais vos messages auront très peu d'énergie vers l'extérieur. Je vais en profiter pour introduire une mini-puce juste sous votre paroi crânienne. Grâce à elle, nous ne saurons pas si vous pensez à Pierre, Paul ou Jacques, mais nous pourrons deviner si ces pensées sont positives ou négatives. Vous entendez toujours ? Vous voyez, nous ne vous prenons pas en traître puisque nous vous informons. Ça reste transparent. Bien sûr, nous en profiterons pour savoir où vous êtes en permanence. Ce n'est pas que les grillages de cette prison soient fragiles – c'est l'océan ! – mais ça peut être utile si vous décidez de faire avec nous une partie de cache-cache.

Ah, vous semblez être sur le point de vous endormir. Ne me faites pas ça malheureux ! J'ai besoin de pouvoir contrôler vos réflexes. Sinon, vous risquez de partir en vrille. Gardez les yeux ouverts. Très bien. Essayez de parler. Oui ?... Comment ? Où vous êtes ? Ah ça je ne peux pas vous le dire. Mais je pense que vous l'apprendrez vite.

Bon, attention, je commence. Je prends mon rasoir. Je dégage le cuir chevelu de votre nuque. Ne vous en faites pas pour votre sex-appeal, les filles, il n'y en a pas ici. Sinon, je m'en serais réservé une comme infirmière. J'entaille maintenant le cuir. Je prends l'agrafeuse – rassurez-vous c'est simplement le surnom de l'injecteur –, et j'envoie la puce. Elle nous donnera une idée de votre champ électro-bulbien. Attention, ça va faire un peu mal. Voilà c'est fait. Je rebouche, je panse. C'est terminé. Je vérifie votre pouls... Vos pupilles... Réflexe des articulations. OK. Vous êtes parfait. Les gardes vont vous ramener dans votre cellule.

La banquette sur laquelle avait eu lieu l'intervention était une civière amovible. Les gardes en saisirent les poignées et retraversèrent le baraquement. Ils l'avaient laissé allongé dessus. Lucio se sentait faible, nauséeux. Une pluie fine tombait. Il ressentait chacun des cahots que les foulées des gardes causaient. Ils couraient pour le ramener, il en était certain. Cela lui donna envie de vomir. Il tourna la tête vers la droite et se laissa aller. Les gardes s'arrêtèrent, et attendirent qu'il eût fini. Lucio s'en aperçut, confusément. Et il pensa que c'était pour ne pas souiller leurs uniformes. Parvenus dans sa cellule, ils le balancèrent sans ménagement sur sa couchette et le quittèrent.

Lucio avait mal au crâne. Très mal. Il tenta de se concentrer sur sa respiration, mais c'était trop difficile. Il lui fallait attendre. Rien d'autre. Respirer et attendre. Attendre. Attendre encore. Le sang cognait violemment dans sa tête. La pluie résonnait sur le toit de son abri. Il tenta de lever une main vers sa nuque. Trop d'efforts. Rien d'autre qu'attendre. Coups de bélier contre son crâne. Poum poum-poum. Poum poum-poum. Encore des contractions dans le ventre. Goût de bile et de sang dans la bouche. Revomit. Sentiment de tristesse. Et il se sentit partir. Peut-être mourir. Tant pis.

La conscience lui revint peu à peu. Il s'était donc évanoui ? Oui sans doute. Une immense impression de douceur l'habitait. Cela lui rappelait des perceptions de son enfance lorsqu'il restait, lézard humain, couché de longues minutes au soleil à en apprécier la caresse. Il conserva les yeux fermés, histoire d'en conserver plus longtemps la sensation. Était-il encore dans sa cellule ? Non tout était si doux, si agréable. On avait dû le sortir, pourquoi, peu importe, il verrait plus tard, il avait dû être déposé quelque part près d'un mur l'abritant du vent. La pluie avait cessé elle aussi. Un rayon de soleil déposait sa chaleur bienfaisante sur son visage. Il entendait des oiseaux chanter dans le ciel. Ce n'étaient ni cris stridents ni clameurs moqueuses mais seulement trilles mélodieux, harmonies magnifiques, gazouillis de paradis. Il n'était plus dans cette île du bout du monde, cette terre de vent et de pluie. Non il en était certain. D'ailleurs les oiseaux l'appelaient dans leurs phrases musicales. Il leva les yeux vers eux. Il comprenait ce qu'ils lui chantaient. Et s'il ne pouvait y répondre avec des sons, il avait envie de les rejoindre. Le miracle se produisit. Les bras en croix de chaque côté de son corps battirent l'air, comme lorsqu'il était enfant et qu'il jouait à s'envoler.

Lucio sentait son être vouloir s'élever. Il recommença à les agiter, encore une fois, puis une autre, puis encore une autre. Et à chaque nouvelle tentative, il ressentait en lui des désirs de rejoindre les oiseaux au-dessus de lui. Toute impression de poids et de pesanteur s'effaçait peu à peu de son esprit. Il devenait légèreté, se fondait dans l'air. Et Lucio s'envola, montant peu à peu vers le ciel. De grands oiseaux blancs l'attendaient, planant et tournoyant au-dessus de lui, chantant toujours. Le blanc immaculé de leur plumage s'irradiait dans la lumière du soleil et se confondait avec elle. Était-il évanoui ou déjà mort, cela n'avait aucune importance, il se sentait bien.

Et il volait haut, toujours plus haut, et loin, toujours plus loin. Était-ce donc cela, voguer dans l'au-delà ? Les images des paysages de son enfance passaient devant ses yeux. Il revoyait les parties de cache-cache dans les forêts en été, il courait le long des rivières côtières les jours de mascaret.

Plus tard, la vie l'avait emmené vivre dans des villes. Il planait maintenant au-dessus de leurs immeubles. Il y avait rencontré la violence et le sang. Ses poings se souvinrent, et il eut mal. Il revit aussi, la honte au cœur, son premier meurtre. Et puis les autres, qui suivirent. Il y eut aussi les camps de redressement, frapper et dominer, toujours. Jusqu'à ses dix-huit ans où il connut pour la première fois l'apesanteur dans un vol. Un cadeau – mais qui déjà le lui avait offert ? Ensuite un seul but, retrouver cette impression d'intense liberté. Et le choix d'entrer dans l'armée pour connaître à nouveau ce plaisir d'échapper à la gravité terrestre.

Il continuait à s'élever dans les airs. Les oiseaux, des sortes de grands albatros blancs, l'accompagnaient dans son improbable ascension. Il planait désormais au-dessus des casernes de ses premières affectations. Il avait appris à museler son caractère. Et avait ainsi pu gravir à force de travail les échelons, brodant peu à peu sur ses combinaisons de vol les insignes des corps des pilotes extra-atmosphériques, puis celui des inter-spatiaux.

Pourquoi cette espèce d'immense corbeau noir s'approchait-il maintenant ? Les autres oiseaux, ses amis il l'avait compris, se regroupaient autour de Lucio. Pourquoi voulaient-ils le protéger ?

Ah oui c'est vrai, il y avait eu la guerre ensuite. Des planètes s'étaient regroupées. Elles avaient fait alliance entre elles. Et d'autres y avaient répondu par des traités. Les accords de commerce s'étaient transformés en traités militaires. La tension était montée, se durcissant de plus en plus. Et la haine avait écrasé l'univers, la mort étendu ses tentacules. Il y eut des escarmouches, puis des batailles. Il se souvint de boules de feu qu'il avait projetées dans l'espace. Les villes, puis les continents, et enfin les planètes furent visés. Lui, Lucio Brenny, y avait participé, comme d'autres. Mais maintenant, il ressentait dans tout son corps comme un écho des souffrances qu'il avait provoquées. Le grand corbeau noir l'attaquait maintenant. Les oiseaux blancs tentaient de le repousser en volant autour de lui et en criant. L'autre y prêtait à peine attention. Brenny devait se défendre seul. Il se dit qu'il saurait le faire. Et il le frappa de ses bras ou de ses pieds chaque fois qu'il s'approchait. Mais le corbeau revenait toujours, et son bec ou ses griffes le blessaient et le lacéraient presque systématiquement. Non, Lucio ne voulait pas mourir, et il s'acharnait à lui rendre coup pour coup malgré ses douleurs et ses plaies. L'apparence du corbeau grossissait, prenait de l'ampleur. Et peu à peu il se transforma. On aurait dit maintenant qu'il devenait forme humaine. Une ombre vaporeuse l'enveloppait comme une robe. Ses ailes – ou ses bras ? – se tendaient vers Brenny. Il voulait l'emmener ? Mais vers où ? Pour faire quoi ? Brenny se sentait perdre de l'altitude, mais il devait le vaincre pour continuer de vivre.

Un coup brutal dans les côtes le fit hurler. Et il se découvrit encore sur sa banquette dans sa cellule, en sueur. Cela n'aurait donc été qu'un rêve ? Debout proches de lui, il découvrit deux soldats. L'un tenait son arme par le canon. La crosse était déjà en l'air, prête à frapper. Puis il entendit des mots. Il devait venir. Oui, ça y est, il avait compris, qu'on lui donne seulement quelques secondes. Il leva un bras en signe de soumission. Il s'assit sur sa couchette. La tête lui tournait. Ses vêtements trempés collaient à sa peau. Ses jambes tremblaient encore. Il s'obligea à respirer profondément pendant le répit qu'on lui accordait. Et finalement il se leva et les suivit.

Il avait été rassemblé avec une vingtaine d'autres prisonniers devant un baraquement un peu à l'écart, mais aussi un peu plus spacieux. Un mât était planté devant, et le drapeau de la fédération terrienne y était accroché. Sa façade principale se prolongeait devant par une terrasse qu'un auvent de bois protégeait de la météo locale. Le temps s'inscrivait dans la continuité, avec un vent froid et une pluie monotonement tenace. Deux officiers étaient assis sous l'auvent, discutant et riant ensemble. L'un était déjà connu de Brenny. C'était le commandant aérospatial croisé dans sa prison précédente. L'autre, il l'apprendrait rapidement, était le colonel Lascot, responsable du camp de cette île. Les deux buvaient quelque chose ressemblant à du café trop chaud, puisqu'ils soufflaient dessus avant d'en prendre une gorgée.

Les détenus avaient été alignés sur plusieurs rangs. Des soldats, armes pointées sur eux, les entouraient. Ils durent attendre longtemps qu'on s'occupe d'eux. Brenny espérait qu'il ne flancherait pas. Le prisonnier devant lui semblait plus mal en point. Il oscillait d'un côté à l'autre en soufflant fort. L'immobilité et l'attente eurent raison de lui. Il s'écroula à terre. Lascot fit signe à un sous-officier. D'après les inscriptions sur son treillis, il était sergent-chef et s'appelait Tiburon. Il fit le même signe à un soldat. Une rafale acheva le prisonnier. Et les deux officiers se servirent un nouveau café.

Ils se levèrent enfin, et le colonel Lascot s'adressa aux prisonniers.

— Écoutez-moi bien, bande de petits merdeux, le commandant aérospatial qui m'accompagne m'a affirmé qu'il y a parmi vous un type d'exception. Un salaud qui serait intelligent et très bon pilote. Il estime que ça peut être chacun de vous. C'est pour ça qu'il vous a tous tirés de taule avant le peloton d'exécution qui vous attendait. Moi, j'ai très peu de temps pour le trouver. Alors je vous ai préparé un programme qui va tous vous faire chialer. Et ceux qui ne pourront pas suivre, ils crèveront. Et au besoin on les aidera. Et à coups de pied dans le cul ! Souvenez-vous-en ! Au besoin on vous aidera à crever à coups de pied dans le cul ! De toute façon vous aurez déjà eu du rab. Ce sera à vous de décider ce que vous voulez. Ou bien vivre encore une journée, mais il faudra le vouloir fort, ou arrêter le chrono.

Quant aux petits malins qui voudraient se faire la belle ou nous prendre pour des cons, je vous informe dès maintenant que vous êtes sur une île dans le sud de l'océan Indien. Et ce n'est pas pour rien qu'elle s'appelle l'île de la Désolation ! Aucun engin n'arrive ou ne décolle sans mon accord personnel, et nous saurons toujours où vous êtes et comment vous êtes grâce à vos puces ! Comprenez-le bien, pour vous il n'y a que deux solutions. Ou vous crevez, ou vous serez le seul !

Puis le commandant-chef spatial s'avança vers eux.

— Je vous ai tenu à tous le même langage. Il y a une mission très difficile à accomplir. Elle est prévue pour commencer dans deux mois. Je vous ai sélectionnés et proposé d'y participer car vous répondez tous aux critères souhaités. Je vous ai dit à tous que l'entraînement sera difficile. Il ne tient qu'à vous de devenir le pilote de cette mission. Chacun de vous, en mon âme et conscience, a les capacités pour y parvenir. Par ailleurs, j'ai déjà une bonne nouvelle pour le futur vainqueur. J'ai réussi à faire admettre par le Quartier Général Central qu'une possibilité de retour était indispensable. Il aura donc les moyens de revenir sur notre bonne vieille terre après le mauvais tour qu'il aura joué à la confédération ennemie. J'espère que ça vous donnera du cœur à l'ouvrage.

Après les discours des deux hauts gradés, Tiburon prit la parole, pour exposer les grandes lignes de ce que serait leur quotidien jusqu'au départ vers les étoiles de l'unique rescapé. C'était simple, il se résumait à des entraînements impitoyables le matin, le midi, et parfois même le soir ou la nuit. Puis il fit rompre les rangs.

Il est bien connu que les retardataires ont toujours tort. Et Brenny s'aperçut malgré lui que cette maxime s'appliquait aussi sur l'île de la Désolation. Alors que le groupe se dispersait, il choisit de rester quelques instants à sa place. Aux étourdissements dus à l'implantation de la puce s'était ajouté l'effarement de l'exécution à quelques dizaines de centimètres de lui. Il ferma donc les yeux plusieurs secondes, immobile, se concentrant sur sa respiration. Mal lui en prit. Quand il les rouvrit, le soldat qui avait abattu l'autre prisonnier était face à lui. Il désigna le corps étendu d'un geste de son arme en lui ordonnant de le porter. Brenny obéit, pour ainsi dire dans un état de semi-conscience, et suivit son geôlier, le cadavre sur les épaules, ne voyant que le canon de l'arme et les doigts sur la gâchette. Après avoir contourné plusieurs baraques, ils arrivèrent à un petit véhicule utilitaire, dans lequel on lui fit mettre le corps.

Il réintégra ensuite sa cellule en tentant d'éviter de grandes flaques de boue sur son chemin. Avant de se coucher, il jeta un coup d'œil sur la serrure de sa porte. Son modèle était tellement simple que toutes les personnes sur cette île, il en était certain, pouvaient la forcer en quelques minutes. Il la bloqua avec une chaise, s'allongea sur son lit et s'endormit enfin.

La nuit était encore présente lorsqu'il se réveilla quelques heures plus tard. Aucune étoile ne perçait le ciel noir. Le vent soufflait dehors, comme de bien entendu. S'il chassait des nuages, apparemment il en amenait d'autres. Étendu sur son matelas, Brenny réfléchissait. Qu'est-ce que c'était que cette histoire de puce. Ok, elle permettait la localisation. C'était classique dans les camps de prisonniers en plein air comme ici. Mais c'était quoi ses autres fonctions ? Le colonel avait dit qu'elle servirait à savoir comment étaient les prisonniers. L'infirmier avait été plus prolixe. Il avait précisé qu'ils sauraient si les pensées étaient positives ou négatives. Mais positives et négatives par rapport à quoi ? Et pour faire quoi ? Est-ce que le colonel tous les soirs avant de dormir regardait sur son terminal informatique si tous ses candidats dormaient sereinement, ou s'ils voulaient venir le tuer ? Brenny ne put s'empêcher de sourire en imaginant le responsable du camp vérifier chaque soir les états d'âme des personnes dont il avait la charge, avec la même habitude machinale que d'autres ont pour sortir leur animal en fin de journée. Puis il se retint. Est-ce que c'était une pensée négative ? Et qu'est-ce que ça pouvait lui coûter ? La vie humaine ne compte pas beaucoup dans ce camp. Ou bien est-ce que cela faisait partie des tests pour déterminer le pilote final ? À moins que ce soit simplement une aide pour les surveillants, une sorte de barrière psycho-sensorielle ? Il se promit en tout cas d'étudier la question. Puis il se rendormit, sans s'en rendre compte, en repensant à ce curieux rêve d'un voyage ailé.

Une sirène puissante retentit le lendemain à l'aube. Pour qu'il n'y ait pas de doute sur sa finalité, des haut-parleurs hurlèrent dès la fin de son bruit assourdissant dans tout le camp que « l'ensemble des candidats au voyage final devait aller à la cantine s'ils voulaient un petit-déjeuner ». Brenny s'y rendit. Il avait bien dormi et le temps lui semblait moins triste que la veille. Le ciel était moins gris, avec des espérances de nuages plus légers. La pluie elle-même s'était transformée en un fin crachin. Le genre d'averse avec des gouttes qui ne mouillent pas.

Les prisonniers étaient déjà tous arrivés, et s'étaient assis pour la plupart en groupes à de longues tables de réfectoire. Aucun ne parlait. Une dizaine de gardes en armes, avec à leur tête Tiburon, les surveillaient. Il s'aperçut rapidement d'un curieux manège de celui-ci. Il semblait avoir un objet dans la paume de sa main droite qu'il regardait. Puis ses yeux se tournaient vers les prisonniers, en variant la direction de son objet. C'est comme s'il cherchait un axe avec une boussole, à ceci près que le pôle magnétique devait être un prisonnier. Pour finir, son regard s'arrêta sur un prisonnier qui s'était assis un peu à part. Brenny le dévisagea. Il était maigre et pâle. Ses pupilles étaient dilatées, et ses yeux sans cesse en mouvement ne se posaient sur rien. Dans tout autre endroit, Brenny l'aurait jugé sous drogue. Mais ici ce n'était pas possible. C'était donc autre chose.

Tiburon le désigna d'un doigt, et des surveillants se rapprochèrent de lui. L'autre, comme affolé, grimpa sur une table en criant. Il hurlait aux autres prisonniers que ceux-ci n'étaient que des lâches, qu'ils mourraient tous, même celui qui subsisterait après ces soi-disant tests, et qu'à eux tous, ils pouvaient prendre le contrôle du camp puis de l'île. Puis il se précipita en sautant sur le garde le plus proche, les mains vers son arme. L'autre tira pendant que le sergent lui en donnait l'ordre. Quelques esquisses de mouvements apparurent parmi les prisonniers assis mais des surveillants les dissuadèrent en pointant leurs armes vers eux. Tiburon cria encore, cette fois-ci à l'intention des prisonniers, de ne pas dire un mot et de ne plus bouger d'un cil. Aucun n'ayant envie de jouer au héros, il fut obéi.

Une dizaine de minutes plus tard, le colonel Lascot arriva. Il s'entretint quelques instants avec le sergent, et se tourna vers les prisonniers.

— Que ceci vous serve de leçon. Je vous l'ai déjà dit. Nous ne savons pas ce que vous pensez, mais nous connaissons votre état d'esprit. La puce qui est implantée en chacun de vous nous informe de vos éventuelles menaces. Alors, ne jouez pas au con, et vous vivrez plus longtemps. Et pour gagner le gros lot, n'oubliez pas que vous devrez nous prouver que vous êtes le plus salaud, le plus intelligent et le meilleur pilote d'entre vous tous ici. Vous n'êtes plus que dix-huit et il vous reste deux mois. À vous de jouer. Quant à lui, il n'y a pas à le regretter. Il ne faisait pas le poids pour cette mission.

CHAPITRE 2

Et ce furent le premier entraînement et la première journée de travail. Toutes allaient se ressembler. D'abord, le matin, on les faisait courir pendant des kilomètres. Cela durait deux à trois heures. Ensuite, on les emmenait sur des simulateurs de vol où ils travaillaient leurs réflexes. Et pour finir, des combats étaient organisés entre eux.

Au fur et à mesure que les jours passèrent, les épreuves se durcirent, avec des parcours de course à pied plus longs et plus cassants. On leur fit porter des sacs remplis de pierre. Les vols simulés eux aussi se firent de plus en plus risqués. Les instructeurs débridèrent les accélérateurs de gravité, générant des pesanteurs plus importantes et plus instables. Les combats également évoluèrent. On supprima peu à peu les règlements et les répits entre les reprises. Les coups devinrent plus violents. Aux bleus succédèrent les fractures. Le colonel avait deux mois pour déterminer qui serait choisi pour la mission, et il ne s'embarrassait pas de principes.

Régulièrement, les gardes emmenaient des vaincus ou des prisonniers jugés insuffisants pour la mission. Pas assez salauds, intelligents ou bons pilotes. On ne savait pas ce qu'ils devenaient. Étaient-ils exécutés sur l'île, ou emmenés dans un autre camp ? Nul parmi les rescapés n'en parlait. De toute façon, ils parlaient peu entre eux en général.

Brenny en était surpris d'ailleurs. De même il s'étonnait souvent qu'il n'y ait pas eu de nouvelle tentative de révolte après celle à laquelle il avait assisté le premier matin. Il y avait là une docilité qui n'était pas normale. Étaient-ils déjà morts dans leurs têtes, pour vivre ainsi dans la passivité ? La puce qu'on leur avait greffée les aurait-elle en réalité lobotomisés ? Lui-même s'en était rendu compte, son implantation agissait sur lui comme une sorte de filtre psychologique. Il avait déjà eu conscience de censurer certains de ses états d'âme. Empêcher ses pensées de se développer était ici un moyen d'exister en défiant l'autorité.

En fin de deuxième semaine pourtant, un prisonnier du nom de Martillo tenta un coup de force. Feignant un malaise au sortir d'un exercice violent sur un simulateur, il s'était peu à peu rapproché d'un garde. Il avait réussi à prendre son arme et, le menaçant, avait exigé un véhicule pour quitter l'île. Le bâtiment en question était un hall fermé, ne comportant qu'une porte. Martillo était à l'autre extrémité, le garde contre lui, l'arme sur la tempe. Le maton était livide. Tiburon avait fait ranger autour de lui contre le mur d'en face les autres personnes présentes, prisonniers et gardes, juste devant la porte. Puis il avait fait appeler Lascot. Lorsque celui-ci était arrivé, il avait fait l'impressionné, félicitant Martillo pour ses talents de salaud, bon pilote et d'intelligence qu'il déployait ainsi. Puis, un pistolaser chuinta. Le rayon rebondit contre un mur et atteint le prisonnier dans la nuque. Inutile de faire un dessin. Tout le monde avait compris qu'il avait cherché la puce.

Quelques jours avant la fin des deux mois, seuls trois prisonniers demeuraient avec Brenny. Il avait déjà pu les juger au cours des entraînements. L'un, qui disait s'appeler Piotr, se plaisait à raconter une histoire abracadabrantesque de sa vie, selon laquelle il était originaire des îles aléoutiennes, ou de Poméranie suivant les jours. Certains lui avaient fait remarquer ses incohérences. Il s'était fait un plaisir de les éliminer. Le deuxième avait été surnommé 242 en raison d'un tatouage sur une omoplate. Son aspect malingre par rapport aux autres avait d'abord fait sourire. Mais son intelligence du combat, sa ténacité et son sens de la duplicité l'avaient emmené jusqu'à ce dernier carré. Brenny le savait proche du troisième. Celui-ci avait toujours refusé de divulguer son nom. Lorsqu'on le lui demandait, il répondait systématiquement « Ça te regarde ? ». Le surnom lui était resté, et tous, y compris les gardes ou Tiburon ne le nommaient plus que par cette expression, Ça-te-regarde.

Lascot les fit appeler devant l'auvent de son baraquement et leur expliqua brièvement le dernier exercice. Fidèle à lui-même, il l'avait imaginé extrêmement simple. Ils seraient emmenés à l'autre bout de l'île, soit à 25 km, le lendemain à 5 heures. Le premier revenu au camp serait le pilote choisi. Si un autre arrivait ensuite, il deviendrait son remplaçant. À ses mots, ils comprirent que l'officier ne semblait pas douter que les deux autres puissent terminer la journée. Tous les coups étaient donc permis.

Lors du dîner le soir, chacun, y compris 242 et Ça-te-regarde, fit en sorte de rester seul à table. Puis ils rentrèrent dans leurs cabanes. Brenny repensa à toute sa vie, et à cette foutue nuit dont il n'avait conservé aucun souvenir. Il résista à l'envie d'aller faire une dernière balade le soir. Il savait un rocher où il avait aimé parfois flâner à la fin de ces journées harassantes. Calé contre la pierre, il laissait alors ses pensées vagabonder au gré du chant violent des vagues de l'océan Indien qui se fracassaient contre ce petit bout de terre incongru. Mais non. Pas ce soir. Et avant de s'allonger, il barricada sa porte avec soin.

Le lendemain, vers 3 heures, il fut réveillé par de furieux coups dans sa porte. Il comprit aux cris qu'il s'agissait de surveillants et leur ouvrit. On le poussa à coups de crosse dans un véhicule. 242 et Ça-te-regarde y étaient déjà assis. Lascot était installé dans un autre, avec Tiburon comme chauffeur. Il expliqua, un sourire goguenard sur le visage, que Piotr avait été retrouvé pendu au-dessus de son lit. « Le stress, sans doute » ajouta-t-il avec un grand éclat de rire moqueur.

Tiburon gloussa bruyamment, comme lorsqu'un supérieur fait une plaisanterie, et les véhicules partirent.

Personne ne prononça un mot pendant qu'ils se rendaient vers le lieu de départ de leur dernier exercice. 242 regardait ses chaussures. Ça-te-regarde toisait d'un sourire qu'il voulait suffisant ses deux adversaires et les gardes qui les surveillaient. Ceux-ci étaient au nombre de quatre. Brenny profita du trajet pour faire le point. Il était évident que dans ce combat à trois, il était seul contre deux. La distance était trop longue pour espérer les vaincre de façon loyale à la course. Il lui fallait trouver une solution. Sauter en marche ? Après tout, Lascot accepterait peut-être cette entorse au règlement s'il arrivait seul au campement. Voyons voir... Un cahot plus fort que les autres, les soldats brinqueballés contre le flanc du véhicule et empêtrés dans leurs armes... Un coup de reins, et hop, jusqu'au revoir mes connards. Non cela ne fonctionnerait pas. Il n'y gagnerait sans doute qu'une rafale de balles, ou un rayon laser dans la puce. Ce fut lorsque les véhicules s'arrêtèrent qu'il devina ce qu'il devait faire. Ou pour être précis lorsque le Colonel quitta le sien. Le maître mot pendant tout l'entraînement avait été d'être très bon soldat, intelligent et salaud. Il suffisait d'appliquer cette maxime à l'ultime exercice.

On les fit descendre. Des bourrasques de vent accompagnaient une pluie battante. Le sol gorgé d'eau était spongieux. Les phares des véhicules étaient la seule lumière dans la nuit noire. Il reconnut cependant l'endroit. Tiburon s'était amusé un jour à les y faire boxer les uns contre les autres après un footing d'une vingtaine de kilomètres. Ils étaient à une cinquantaine de mètres d'une forêt d'arbustes. À moins de forcer le destin, cette épreuve serait un calvaire. Et Brenny se surprit à se demander si Lascot avait déjà fait son choix. Il rejeta toutefois aussitôt cette idée. Il lui aurait été plus facile d'éliminer le candidat en trop par d'autres moyens.

Justement, le colonel s'était rapproché et pointa son pistolet vers le sol.

— À mon signal, vous pourrez y aller. Le premier arrivé devant mon bungalow sera le pilote de la mission.

242 et Ça-te-regarde regardèrent Brenny. Il s'accroupit en position de départ, comme pour une course à pied.

Le colonel tira. La détonation claqua dans le vent et la pluie. Et Brenny resta immobile.

242 et Ça-te-regarde firent quelques enjambées, puis s'apercevant que Brenny ne s'était pas élancé, revinrent sur leurs pas.

Ils le houspillèrent par des mots et des coups légers. Il répondit à peine. Il lui fallait d'abord les dérouter par son attitude. Ils continuèrent dans les insultes et les coups. Il ne répliquait toujours pas, se contentant de se protéger, et veillant dans la mesure du possible à toujours conserver la même position de départ. Finalement, cependant, il agrippa la jambe la plus proche, fit tomber son propriétaire et asséna un coup rapide et très violent à la base de sa gorge. Le hasard fit que c'était celle de Ça-te-regarde. Celui-ci y porta la main, mais il était trop tard. La trachée artère rompue, l'asphyxie allait le perdre. Et vraisemblablement personne ne saurait sous quel nom réel l'enterrer.

Puis Brenny reprit sa position, attendant la suite. Elle fut conforme à ce qu'il attendait. 242 se mit à courir en direction de la forêt. Peut-être s'y abritait-il, histoire de vérifier dans quelle direction partirait Brenny. Peut-être tentait-il de prendre de l'avance sur lui. Cela n'avait pas d'importance après tout. Brenny se releva et s'avança vers le colonel.

— Pendant ces trois semaines, vous et Tiburon avez bien dit sans cesse qu'il vous fallait quelqu'un très bon pilote, intelligent et salaud ? Et tout à l'heure, que vous prendrez le premier arrivé devant votre bungalow pour cette mission ?

— Oui, j'ai dit ces choses-là.

— Je vais donc y aller avec votre véhicule.

— Tiens donc... À ce que je vois Brenny, vous vous prenez pour Martillo. J'en suis déçu pour vous. À votre avis, combien de soldats armés pensez-vous pouvoir vaincre à vous tout seul et sans arme ? Nous sommes six.

Tiburon et ses cinq subordonnés levèrent leurs armes vers Brenny. Mais celui-ci prit brusquement le gradé par l'uniforme, le plaqua contre lui afin de s'en faire un rempart, et serra sa main sur la bouche et le nez de l'otage.

— Écoutez-moi, petits soldats aux ordres, condamné pour condamné, je peux étouffer un gradé, ça ne changera rien. Par contre, vous, ce sera la Cour martiale car personne ne croira jamais que vous n'aurez pas pu me vaincre. Je veux juste votre véhicule. Alors vous déposez doucement vos armes dans votre charrette et vous venez par ici. Je suis sûr que notre colonel préféré peut rester 30 secondes sans respirer, mais au-delà j'ai des doutes. À vous de voir ce que vous préférez.

Les regards des soldats allaient de Tiburon à Lascot et de Lascot à Tiburon. Celui-ci, blême, n'osait pas décider quoi que ce soit.

— Il blanchit... ajouta doucement Brenny.

Il les avait vaincus. Tiburon fit un signe d'apaisement vers sa troupe d'une main, et ils reculèrent jusqu'à leur transporteur dans lequel ils déposèrent leurs armes. Brenny se dirigea vers l'autre véhicule, tenant toujours le colonel. Arrivé à hauteur de la portière, il prit son revolver, le jeta à plusieurs dizaines de mètres, et lâcha Lascot. Il s'installa au volant et démarra en trombe. Un coup d'œil dans le rétroviseur lui montra le colonel, fou de rage, qui frappait en hurlant les gardes et Tiburon.

Une demi-heure plus tard, il avait rangé son véhicule devant le bungalow du Colonel. Le second arriva une heure plus tard. Brenny descendit prestement du sien et se figea dans un impeccable garde-à-vous, sans trop savoir à quoi s'attendre. Son coup d'éclat pouvait aussi bien lui valoir une balle dans la nuque qu'une poignée de main de félicitations, si Lascot parvenait à se montrer bon joueur. De sa place, il pouvait distinguer les yeux haineux des soldats. Tiburon, qui faisait office de chauffeur, regardait fixement le volant en haussant sans cesse les épaules d'incompréhension. À ses côtés, les yeux vers le ciel, Lascot fumait un long cigarillo, avec sur le visage un quelque chose qui aurait pu s'apparenter à un sourire aimable, si on ne percevait pas la tension qui s'y dissimulait. Adossé dans son fauteuil, il donnait l'illusion d'être perdu dans les étoiles et l'espace. Au bout d'interminables minutes, la fin de son cigarillo en fait, il sortit du véhicule et se planta devant Brenny. Les soldats et Tiburon le rejoignirent et formèrent un cercle derrière le colonel. Ils avaient laissé leurs armes. Le colonel, par contre, jouait avec une badine.

— Eh bien, Brenny, on est content de soi ? On a fait un beau coup, là, n'est-ce pas ? Oui, je le reconnais, c'était bien réalisé. Bien vu, vraiment. Pas comme ce con de Marillo. Et je ne me moque pas de vous. J'avais votre cran à votre âge. Malheureusement, avec le temps on s'embourgeoise et on pense aux règlements. Donc je ne pourrai pas vous tuer. Je n'en ai pas le droit. C'est con mais c'est ainsi.

La badine siffla dans l'air et le gifla sur la joue gauche.

— Mais j'ai le droit de vous faire mal... Et ça détend.

La badine re-siffla et s'offrit le billet retour sur la joue droite.

— Par contre, les personnes qui m'accompagnent n'ont reçu aucune instruction à votre sujet. Et eux n'ont pas du tout apprécié votre manière de faire. Donc...

Il claqua des doigts, et les soldats se ruèrent sur Brenny. Ils s'en donnèrent à cœur joie. Coups de poings, coups de pieds, coups de genoux quand la violence des chocs le faisait se redresser. Tiburon était resté à part, un pistolaser calé dans sa main. Brenny tentait de se protéger comme il pouvait, mais le passage à tabac était trop furieux. Il cessa sur un ordre gueulé par le colonel. Les soldats le lâchèrent alors. Combien de temps cette raclée avait-elle pu durer...

— Debout Brenny ! ordonna Lascot.

Il se leva prudemment, observant à tour de rôle les surveillants qui s'étaient tous repositionnés derrière l'officier.

— Plus vite, Brenny !

La voix du colonel s'impatientait.

Il déplia sa colonne vertébrale, tentant de reprendre la position du garde-à-vous, tout en ayant vaguement conscience qu'elle ressemblait à une caricature. Il fut presque surpris de constater que ses vertèbres semblaient toujours emboîtées les unes dans les autres.

— C'est dommage que l'infirmerie soit fermée à cette heure-ci, reprit Lascot. On ne pourra pas y soigner dès ce soir votre mauvaise chute dans une racine. J'espère que notre cher infirmier aura fini de cuver sa cuite quotidienne du soir demain matin lorsque nous vous le présenterons. En attendant, vous couchez en taule jusqu'au début de votre mission. Exécution ! Et n'oubliez pas que ces messieurs vous accompagnent.

Brenny se le tint pour dit et se promit de les suivre le plus sagement du monde, sans esquisser le moindre geste pouvant donner lieu à une ambiguïté. De toute façon, le simple fait de respirer lui était douloureux.

En longeant le véhicule, Brenny comprit pourquoi Lascot ne l'avait pas fait tuer malgré son désir. Les corps de 242 et Ça-te-regarde y étaient déposés.

Après avoir traversé le camp entre deux soldats, marchant vaille que vaille, tête et regard bas, il arriva devant la baraque servant de prison. Il s'immobilisa face à la porte de la cellule, le temps qu'on lui en ouvre la porte. Il attendit qu'on lui donne l'ordre d'y entrer. Il avança alors jusqu'au centre de l'unique pièce, et y resta debout. Lorsque la porte fut refermée, il ne bougea pas et écouta. Il y eut le pas des soldats s'éloignant. Puis, le silence empli des bruits de la nuit. Il attendit encore quelques dizaines de secondes, avant de s'obliger à compter jusque cent vingt. Il ne voulait pas se donner l'impression d'obéir à ce qu'ils pourraient éventuellement vouloir de lui. Puis, enfin, il s'autorisa à respirer à longues bouffées.

Il s'ausculta, tâtant chaque muscle, chaque articulation, chaque tendon. Il ne pensait pas, a priori avoir été touché durement. Le colonel avait sans doute donné des instructions dans ce sens. Quelques jours de traitement, si on lui en donnait l'occasion, devraient lui permettre de se remettre sur pied. Il appuya machinalement sur l'interrupteur mais l'électricité n'ayant jamais été branchée pour cette baraque, il dut renoncer jusqu'au lendemain à regarder dans un miroir à quoi ressemblait son visage. Enfin, il s'allongea sur la banquette qui servait de lit, ferma les yeux, se vida l'esprit de toute idée, et força son être à s'endormir.

Le lendemain matin, il fut réveillé par des secousses violentes et des cris. C'était l'infirmier qui venait vérifier son état. Il s'était prudemment fait accompagner de trois soldats pour entrer dans la cellule. Ils le tenaient en joue. L'infirmier ce matin-là semblait encore complètement ivre. Ses yeux étaient plissés, sa voix éraillée, et surtout une forte odeur de gnôle se dégageait de lui. Ce fut confirmé lorsqu'il s'essaya à parler. Il balbutiait, et riait de son imbécillité...

— A... A... Alors B-B-Brenny, On s... s... s'est pris un'souch' ? Hooooo, c'est-y con ! Mais on va bien s'occuper d'vous ! Hé hé hé hé ! Moui... Bien s'occuper d'vous ! D'faç... D'faç... D'façon, c'est un ord' ! Et moi, chuis militaire, n'alors les ord'... Réglo qu'chuis ! Oui ! Hé hé hé hé ! Allez B... B... Brenny, debout, et au trot ! Go ! Gogogo !

Brenny quitta sa couchette et entreprit de s'habiller le plus rapidement qu'il pouvait malgré ses contusions. Le petit groupe traversa le baraquement, les trois soldats en arme marchant au pas, Brenny se retenant de grimacer à chaque pas, et l'infirmier les suivant en chantonnant un ancien air outaouais. Ils entrèrent enfin dans le dispensaire.

— Bon, j'ai l'air comm'ça, hips ! Mais chuis bien ! Chuis l... l... lucide ! Et j't'ai regardé, B... B... Brenny ! Tu marches, et ça... ça... ça... j'vais t'dire, c'est bien ! affirma l'infirmier en fermant la porte.

Ça puait l'alcool à plein nez dans le bâtiment, et Brenny se dit que sans la présence des soldats, il se serait débarrassé de cette visite d'un bon vieux coup de poing dans le visage de l'ivrogne. Il ne se sentait pas rassuré d'être dans les mains d'un abruti en pleine soûlographie.

— Deuxième étape, on nettoie les plaies. Allez, B... B... Brenny, à poil, et hop ! Dans la cuve, là !...

Brenny se déshabilla et grimpa dans la cuve vide qu'on lui désignait. C'était une sorte de cube faisant dans les deux mètres de haut. Les parois en ciment étaient glacées. Il s'interrogeait sur ce qu'il allait lui arriver maintenant. Il savait simplement que le colonel avait besoin de lui, en état suffisamment bon pour piloter un vaisseau spatial. Quelque part c'était rassurant. Mais jusqu'à quel point ?

— Et c'est parti ! Yahoo ! entendit-il crier là-haut la voix de l'infirmier.

Puis sa voix fut couverte par un bruit sourd et continu. Il venait du fond de la cuve. Avec appréhension, il vit de l'eau monter. Sa couleur, sa texture ne laissaient aucun doute sur son origine. Il s'agissait d'eau de mer de l'océan Indien. Déjà elle touchait ses orteils. Elle était glacée. Puis ce furent ses pieds, ses jambes, son corps. Un traitement de choc, effectivement, pour soigner toutes ses plaies. Lorsque la cuve fut pleine, Brenny tenta de nager pour continuer de flotter. Il avait mal absolument partout. La souffrance était intense, aiguë. Parallèlement, il sentait le froid attaquer son organisme. Il grelottait.

— La tête, B... B... Brenny ! Je veux voir la tête sous l'eau ! Hips !

Ce type est complètement fou, pensa Brenny en entendant l'ordre de l'infirmier. Il prit cependant sa respiration en voyant les armes des soldats se diriger vers lui, et se laissa couler.

— Encore, et plus longtemps !

Brenny recommença, et tenta de rester quelques secondes sous l'eau.

— C'est bien ! Et maintenant, la surprise du chef !... Accrochez-vous, B... B... Brenny ! On purge et on dé... dé... désinfectionne ! Yeah ! Ahahaha !

La cuve se vida, par les mêmes ouvertures que celles utilisées pour la remplir. Brenny était frigorifié. Il claquait des dents, et il sentait tout son corps pris de tremblements. Il tenta de se frictionner.

Un nouveau liquide arriva. Il était incolore, puant, légèrement gras. Mais il expliquait surtout l'ivresse de l'infirmier. Brenny allait devoir nager au milieu de milliers de litres d'alcool. Bon sang, combien de temps cette plaisanterie allait-elle durer ?

— T'en... T'en... T'en fais pas B... Brenny ! Ce sera moins froid ! Frotte-toi ! Voui !

Le niveau de l'alcool montait dans la cuve. Il était impossible pour Brenny de vérifier s'il était moins froid que l'eau de mer. D'ailleurs il ne ressentait plus rien qu'une immense douleur sur l'ensemble de son corps. Il s'obligeait à bouger et se remuer par crainte d'une hypothermie.

— La tête ! Allez, dans la gnôle, Bre... Brenny !

Il obéit encore une fois, comme une bête vaincue ou une machine qui ne réfléchit pas.

— Héhé... Pas mal, hein ? Et le dessert, maintenant !

Cette fois, l'alcool fut remplacé dans la cuve par un flot d'eau chaude.

— Elle est à trente degrés. Tu vois que chuis pas un salaud, B... Brenny ! En cherchant, tu trouveras peut-être même des traces de savon !! Héhéhé !

C'est vrai, cela fit du bien au prisonnier. L'eau pourtant lui semblait bouillante. Il continua à se frictionner pour enlever les traces de l'alcool. Enfin, l'épreuve des soins s'acheva.

On le fit sortir, il se sécha, s'habilla – on lui avait prévu une combinaison chauffante pour éliminer les derniers souvenirs de l'eau glacée –, et on le ramena dans sa cellule.

À sa grande surprise, le colonel et le commandant aérospatial l'y attendaient. Ce dernier prit la parole.

— Nous avons préféré vous prévenir. Vous partirez après-demain soir. Le vaisseau pour votre mission arrivera dans la nuit. Les derniers réglages se feront demain. D'après ce qu'on m'a dit, vous avez su vous montrer salaud et intelligent.

Malgré son état, Brenny constata, avec amusement, que le colonel avait baissé les yeux à ce moment.

— Et nous avons maintenant besoin de vous au moins encore quarante-huit heures, reprit le commandant aérospatial. Juste le temps pour vous de nous montrer que vous savez, aussi, être un bon pilote. À demain.

Brenny avait conscience que c'était peut-être sa dernière journée sur Terre, et peut-être même de sa vie. Il profita des heures de cette ultime journée avant le grand saut pour se reposer physiquement et psychiquement. Il voulait se sentir prêt rapidement pour son adieu au temps présent. Des gardes vinrent ouvrir sa cellule en fin d'après-midi. Vraisemblablement un ordre venant de plus haut, étant donné les circonstances. Il en profita pour se promener dans le campement, aller voir la mer. Il avait besoin de sentir la nature autour de lui.

Ainsi qu'il lui avait été annoncé, un aérocargo atterrit en fin de journée. Il contenait les éléments de sa fusée. Il alla l'examiner pendant que des techniciens s'affairaient à la monter. Elle semblait gigantesque.

Lorsqu'on comprit qu'il en serait le pilote, le responsable des ingénieurs vint à sa rencontre et lui en expliqua les étages. Le poste de pilotage sera bien sûr tout en haut. À sa suite, dans le corps servant de soute, étaient chargés de multiples modules. Ils se sépareront tous du corps central dès qu'il aura atteint son objectif. Le but était de faire croire à une attaque de nombreux vaisseaux.

La base de la fusée contenait le moteur. Il s'agissait d'un tout nouveau modèle à photons. Son principe révolutionnaire était basé sur le fait que toute particule de lumière peut transporter un poids supérieur à la sienne pendant un laps de temps très court. Il fallait donc les relayer par la production de toujours plus de photons. Selon l'ingénieur, les expériences en laboratoire avaient donné des résultats positifs. Brenny en déduisit qu'il serait le premier humain à tester cette nouvelle énergie. Comment se pilote ce genre d'engin ? L'ingénieur répondit que comme tout véhicule, il y avait un accélérateur et un frein, et que de toute façon, comme pour tout engin spatial, tout était automatisé. À quoi servait alors l'être humain ? Théoriquement à prendre le relais si quelque chose tombe en panne, marmonna alors l'autre en le quittant.

Ils travaillèrent toute la fin de la journée et toute la nuit suivante. Lorsqu'elle fut déployée, Brenny la trouva haute, belle, et son fuselage blanc immense lui donnait une impression de puissance. Il espéra que le ramage vaudrait le plumage. Le lendemain matin, les premiers essais eurent lieu. Des simulations numériques permirent de vérifier un à un tous les raccordements et tous les branchements. Il se rassura en constatant que les ingénieurs faisaient reprendre aux ordinateurs chaque opération leur semblant trop lente. On lui confirma que la réussite du vol de sa fusée était primordiale, et que son succès était attendu au plus haut niveau. Les derniers tests se firent sur le moteur. Ils se firent dans une lumière extrêmement éblouissante, davantage que celles des explosions atomiques. Un vacarme assourdissant l'accompagnait. Bizarrement pourtant, le groupe propulseur semblait très silencieux en lui-même. Brenny s'en aperçut lors des essais à petit régime. Le gigantesque bruit provenait plutôt des craquements du sol sous la fusée, et des baraquements situés tout autour qui tremblaient sous l'impact de l'énergie. Il lui fut expliqué que le moteur était programmé pour ne commencer à fonctionner à toute puissance qu'à partir de la mésosphère.

En début de soirée, il fut appelé dans le bureau du colonel de la base. Le commandant aérospatial et l'ingénieur qui lui avait donné des informations étaient également présents. On lui confirma que tous les essais s'étaient déroulés de façon positive, et que la fusée était prête à partir. Il devait se préparer pour un départ dès la nuit complètement tombée, soit dans les douze heures qui suivaient. Elle tournera ensuite autour de la terre afin de prendre sa vitesse optimale, comme une pierre au bout d'une fronde, puis s'engagera dans l'espace pour accomplir la mission.

— Pouvez-vous maintenant me dire de quoi il retourne, questionna Brenny,

Le commandant aérospatial prit la parole.

— C'est simple. Notre État-major s'est rendu compte que des flux d'une sorte d'énergie, ne me demandez pas ce que c'est car nous en sommes encore à les analyser, proviennent d'un secteur spatial que nous connaissons mal car beaucoup trop éloigné et surtout derrière les lignes ennemies. Sans doute même au-delà du Sursaut Gamma de Lemaître. Il a donc été décidé d'y envoyer un vaisseau pour une simulation d'attaque. Il est programmé pour y aller de façon automatique. Vous aurez une petite marge de manœuvre en fonction des événements pendant le voyage, mais vous ne serez pas maître de la direction finale. Autrement dit, si un beau matin, vous décidez d'aller à droite ou à gauche, le vaisseau ne vous obéira que dans la mesure où il considérera que ce n'est pas un renoncement factuel à la mission. Le corps de votre fusée est conçu pour se séparer en de nombreux petits vaisseaux dès que vous serez parvenu au point culminant de cette source. Et puis là, on attend pour voir ce qui va se passer. C'est à cause de ça que je trouve ce plan, disons… particulier. On n'excite pas un crocodile pour voir s'il est carnivore ou pas. Ou on s'en débarrasse directement ou on passe son chemin.

— Et moi ? fit Brenny.

— Vous, vous êtes la main qui tient le bâton. Et nous, on va regarder si le crocodile a peur du bâton, si cela lui est indifférent, ou bien s'il préfère manger le bâton ou la main.

— C'est rassurant...

— Vous n'avez rien à dire sur ce point, répliqua le colonel. Vous étiez au courant depuis le départ.

— Je ne me plains pas, je m'informe. Et pour le retour ?

Ce fut l'ingénieur qui prit la parole.

— Le poste de pilotage fait également office de capsule de survie. Mais je vous préviens qu'elle ne pourra pas s'enclencher avant votre arrivée sur le point central du flux. Vous mettrez pas mal de mois avant d'y parvenir. Vous pourrez étudier la documentation qui y est enregistrée.

— Et je reviens comment ? Un mini moteur à photons ?

— Non, fit le colonel avec un grand sourire froid. Classiquement atomique, en tout cas suffisamment pour vous faire quitter une atmosphère, quelle qu'elle soit, et vous faire ricocher ensuite d'orbite en orbite.

— Atomique ?!! Et pourquoi pas à rames ou à vent solaire, tant que vous y êtes ?

— On vous avait prévenu que ce serait une mission suicide, gronda le colonel. Alors, ne faites pas chier.

— J'espère qu'il y aura un distributeur de pilules au cyanure, ce serait plus franc.

— Nous y avons pensé, répondit l'ingénieur après un silence. En l'occurrence, nous avons préféré une bonbonne de gaz létal. Son utilisation est également décrite dans la documentation. Mais elle ne pourra pas être utilisée avant la fin des ressources alimentaires que vous y trouverez.

— Vous pensez à tout, Monsieur l'Ingénieur en Chef. J'aurai combien de vivres ?

— Nous avons calculé pour deux ans. Dont un pour l'aller.

— Un an pour y aller en moteur à photons, et un autre pour revenir en moteur atomique... Je serai comme un naufragé dans une petite barque, perdu au milieu de l'océan...

— Et alors ? On ne vous a jamais menti là-dessus, ricana le colonel. Et souvenez-vous que Robinson Crusoé a fini par revenir dans sa patrie !

— Et j'y compte bien, Colonel. Rien que pour vous rappeler qu'il y a des coups de pied au cul qui se perdent. Je me souviens encore de votre discours d'accueil.

— Ben voyons... Arrêtez, Brenny, j'ai peur ! Sur ce, rompez, on vous attend dans la pièce à côté !

Lorsque Brenny y entra, suivi de deux militaires en armes, il vit l'infirmier assis derrière un bureau. Exceptionnellement, il semblait complètement à jeun. Sans doute un effet de la présence du commandant aérospatial. C'était une première surprise. La deuxième était qu'il semblait avoir mis sa plus belle blouse blanche. La troisième était que de vrais galons de capitaine y étaient brodés. Aussi incroyable que cela puisse paraître, ses tatouages correspondaient à une réalité.

Il jouait avec un mini-ordinateur bracelet lors de l'arrivée de Brenny. Celui-ci serra les poings et jeta un coup d'œil sur ses gardiens. Il avait une forte envie de se venger des épreuves de la cuve de la veille.

— Eh bien, dis-moi, Brenny, dit-il en le regardant, je n'ai pas besoin de jeter un coup d'œil sur le spectre de ta puce pour voir que t'as sacrément envie de me casser la figure. Si c'est à cause des bains d'hier, apparemment tu as repris toutes tes forces. J'avais peu de temps pour rattraper tes conneries. C'était un remède de cheval, je suis d'accord, mais il a bien fonctionné puisque tu es là.

— Tu parles, un cheval en aurait crevé.

— C'est vrai, je ne l'aurais pas trempé dans de l'alcool. Je l'aurais fait réchauffer avec une pouliche. Mais ici, tu as remarqué, je n'ai pas trouvé de nana. Et de toute façon, un cheval n'aurait jamais tenu en joue un colonel.

— Et qu'est-ce que tu veux aujourd'hui ?

— Vérifier mon travail. Je ne suis peut-être qu'un alcoolique à tes yeux Brenny, mais je fais aussi office de toubib sur cette île. Et j'y tiens. Allez, à poil que je t'ausculte.

Il le scruta sous toutes les facettes, examinant les plaies et les bleus sur sa peau, faisant fonctionner les articulations, vérifiant les réflexes, regardant ses pupilles et ses dents, écoutant ses poumons et son cœur...

— Bon, reprit-il, on m'a demandé de m'assurer que tu tiendras quelques jours. Pour moi, il n'y a pas de problème. La meilleure preuve, je vais te poser ce cathéter pour préparer les phases d'hibernation.

Il tira d'une enveloppe en plastique un minuscule filin se terminant par une sorte de petite broche.

— C'est très simple, reprit-il. Je vais te la poser dans la paroi abdominale. De ton côté, lorsque tu devras passer dans les phases de sommeil, tu nettoieras la broche extérieure avec l'aseptisant que tu trouveras dans la fusée, et tu brancheras. Ce sera tout. Allez, maintenant, regarde en haut, fit-il en s'approchant du torse de Brenny une sorte d'agrafeuse à la main.

Il la posa sur le ventre de Brenny et on entendit un petit « tac ».

— Et hop, voilà, c'est fait. Tu vois, je ne suis pas si pourri pour un infirmier alcoolo. Ah, au fait, tu pars au moins pour un an et tu vas sans doute t'emmerder. Je vais te donner ces petites boîtes.

Il ouvrit un tiroir et en sortit deux.

— La bleue, c'est si tu as envie de te détendre. Et la rouge ça donne du punch. Rêve pas pour autant, même si tu les avales toutes les deux en une fois, t'en crèveras pas. Ce sont juste des petites aides. Maintenant, c'est l'ingénieur qui va te parler.

Il se dirigea vers la porte et se retourna une dernière fois.

— Au revoir, Brenny, et bonne chance pour ton retour. Tu as bien joué avec Lascot. Et moi je suis content de mon traitement d'hier. Ciao pilote !

L'Ingénieur attendait sans doute derrière la porte, car il entra aussitôt. Il poussait une caisse sur roulettes, d'environ un mètre cube. Il l'ouvrit et déplia les éléments qui s'y trouvaient. En même temps, il s'adressa à Brenny.

— On s'est déjà vu deux fois aujourd'hui. La prochaine fois, ce sera lorsque vous monterez dans la capsule. Ensuite on ne communiquera plus que par ondes. Maintenant, ce que je veux, c'est vous montrer ce que vous découvrirez quand vous serez enfermé dans la fusée.

Il œuvra encore quelques minutes sur le matériel, ouvrant, serrant, réglant des tiges et des parois.

Rapidement apparut un simulateur de vol avec écran tactile.

— Ce que je ne comprends toujours pas, questionna Brenny, c'est mon rôle dans tout ça. Normalement tout est automatique. Vous m'avez déjà dit que mon travail sera de prendre le relais en cas de panne. Je ne connais personne capable d'apprendre en deux heures le maniement d'un vaisseau avec un nouveau type de moteur, votre prototype à photons.

— Grâce à lui, votre fusée sera la première de la génération des Aequalux. Avec cette technologie, on utilise l'énergie de la lumière pour se rapprocher de sa vitesse. Aucun être vivant, je suis d'accord, n'est capable de piloter à cette vitesse. Votre travail sera donc de vérifier que tout se passe bien, et au besoin de réparer. Il y aura des outils et des programmes informatiques de contrôle, et d'autres de secours. Vous ne pouvez pas savoir le nombre d'engins spatiaux autonomes qu'on a perdus car les ordinateurs à bord se sont déréglés. Un œil humain est donc préférable. D'autre part, on souhaite de plus en plus des avis de source subjective sur les vols. Les ordinateurs ne connaissent que les chiffres. Je vous montre, maintenant ?

— Un instant. Pourquoi est-ce que j'accepterais de le faire, puisque vous ne m'avez prévu que deux ans de survie ?

— Vous êtes soldat et vous vous êtes porté volontaire pour une mission suicide. À vous de faire en sorte de pouvoir revenir avec les outils qu'on vous donne. L'idéal, évidemment, serait que vous croisiez un vaisseau de nos forces avant la fin de la deuxième année. Il faut maintenant que je vous montre ce que sera votre univers les prochaines semaines. Asseyez-vous ici.

Il montra une sorte de selle face à un écran. Brenny s'exécuta.

— Ceci n'est pas réellement un simulateur de vol. Nous n'avions pas le temps, et ce projet était trop secret pour en fabriquer un. Je crois que vous connaissez les Eole-Traian IV ?

Brenny acquiesça.

— J'ai volé dessus, et les exercices ici se font sur des simulateurs de ce type d'astronef.

— C'était à notre demande.

L'ingénieur alluma l'écran.

— Voici le tableau de bord de l'Aequalux. Comme vous pouvez le constater, il y sera absolument identique, hormis quelques détails comme ici une bosse sous la trigo centrale, ou là sur les cadrans de contrôle de moteur. Celui des électrons-volts par exemple vous donne plutôt les photons-volts, etc. On a vraiment voulu que vous ne soyez pas dépaysé par l'environnement.

Il effleura l'écran. L'image se modifia et montra d'autres cadrans.

— Ici les équipements de secours. Ordinateurs seconde série, accès poste de pilotage manuel – j'espère que vous n'en aurez pas besoin –, et éjection des mini-vaisseaux. Par contre, très important...

Il revint sur l'écran précédent et montra du doigt un cadran,

— Ici dans la boussole unidirectionnelle... Vous aurez un point rouge. Ce sera l'objectif à atteindre, c'est l'origine de l'énergie qu'on vous demande d'aller voir. Vous ne pourrez dévier de cette route que partiellement. Le point doit toujours rester dans la zone graduée qui l'entoure. Si un jour vous avez besoin de piloter manuellement l'Aequalux, prévoyez de ne jamais la quitter. Au-delà, la fusée refusera de vous répondre, même par anticipation.

— C'est-à-dire ?

— Je reste dans cette hypothèse de prise en main de l'appareil par vous-même. On sait bien que vous pourrez être obligé de tourner le dos à l'objectif. Par exemple pour profiter d'une énergie cinétique orbitale. L'Aequalux l'acceptera sans problème. Par contre, si vous lui demandez de quitter cette zone graduée sans que lui ne le comprenne, il vous obéira, mais reviendra au bout de trente minutes dans la zone graduée.

— C'est rassurant...

— Ça a été décidé pour vous éviter, à vous ou à n'importe quel autre pilote qui aurait été désigné, de profiter de ce bijou pour faire des bêtises. Sinon, des questions ?

— Trop pour si peu de temps.

— Dites-vous que vous partez dans un super Eole-Traian IV automatisé, ce sera plus simple. Derrière maintenant...

Il toucha à nouveau l'écran.

— Coin cuisine, coin douche, coin muscu et coin cabine. Ici on s'est inspiré des cargos mono-personnels les Aarhus VIII. Vous voyez, vous serez en terrain de connaissance. Dernier point en ce qui me concerne, les documentations dont je vous ai parlé seront disponibles via ce moniteur.

Les doigts avaient virevolté sur l'écran.

— Comme sur l'Eole-Traian.

— Exactement, approuva l'autre. Comme sur l'Eole-Traian. C'est la seule fonction dupliquée sur cette copie, avec l'environnement bien sûr, comme on vient de le voir. Voulez-vous l'essayer ?

— Pourquoi pas...

Il manipula toutes les fonctions mises à sa disposition, puis se plongea dans les informations notées dans le terminal. Son but n'était pas bien sûr d'apprendre à piloter l'Aequalux grâce au simulateur, mais de vérifier et de mémoriser dans ses réflexes les procédures les plus simples et les plus urgentes. Il s'aperçut rapidement que les exercices effectués au cours des entraînements sur les simulateurs des Eole-Traian IV avaient été fructueux. A priori, ce que l'ingénieur lui avait dit était exact. Les différences portaient sur des points de détail qui avaient au fond peu d'importance. Il s'amusa ensuite à se déplacer, toujours par l'intermédiaire de l'écran, dans les différentes parties de la fusée. Il en apprit rapidement le plan, et put s'en réciter mentalement les dimensions de chacune des pièces. Il y a toujours une différence entre la connaissance apprise via un média et la réalité, mais il ne pouvait guère faire mieux pour le moment. Lorsqu'il releva la tête, l'ingénieur sourit. Et Brenny se dit que c'était la première fois qu'il le voyait ainsi. L'autre se contenta de lui poser une question :

— À votre avis, depuis combien de temps êtes-vous fourré dans ce simulateur ?

— Je ne sais pas, vingt minutes, une demi-heure ?

— Deux heures... Je suis content, car apparemment on a fait du bon boulot. Sinon, cela ferait longtemps que vous auriez levé la tête... Vous partez dans trois heures. Je vous laisse une demi-heure pour vous détendre. Ensuite, vous vous préparerez et dans... (Il regarda sa montre) cent vingt-sept minutes, le compte à rebours intégrera votre admission dans le cockpit.

Comprenant qu'il n'avait rien d'autre à faire, il s'assit sur une chaise pendant que l'ingénieur repliait son simulateur. Les deux gardiens étaient toujours dans la pièce. Il eut l'impression qu'ils le regardaient bizarrement. Sensation avant l'ultime vol sans doute. Il lui vint l'idée de les asticoter, histoire de se rassurer, et en guise de cadeau d'adieu, mais se retint. Cela ne servirait à rien. Il ferma les yeux pour détendre son corps et son esprit. Bizarrement, les images de ce curieux rêve avec des oiseaux, qu'il avait fait à son arrivée dans cette île lui revinrent en mémoire.

Une demi-heure plus tard, ainsi qu'on le lui avait dit, des soldats entrèrent dans la pièce où il était. L'un d'entre eux apportait une combinaison de vol. Brenny constata que seuls deux éléments y étaient brodés : la griffe de la fédération et son matricule de prisonnier. Il l'enfila sans dire un mot. Puis on l'emmena vers le pas de tir de la fusée. Il croisa un groupe d'officiers du haut état-major. Le colonel Lascot était parmi eux.

— Eh bien, Brenny, prêt pour le grand voyage ?

— Évidemment mon colonel. Mais cependant, juste un détail... Pourquoi n'est-ce pas mon nom qui figure sur cette combinaison ?

— La réponse est évidente. Je vous rappelle que vous êtes mort. Vous avez été fusillé il y a trois mois. Et, confidence pour confidence, figurez-vous que j'ai relu votre dossier ce matin. Et je suis certain que c'est vous l'assassin dans cette triste histoire. Vous n'avez même pas été assez courageux pour le reconnaître. Vous êtes un lâche et un salopard à mes yeux, Brenny. La Terre se portera mieux lorsque vous l'aurez quittée.

— Eh bien, confidence pour confidence, mon colonel, depuis deux mois que j'ai appris à vous connaître, je suis convaincu que vous êtes une grosse ordure, et que votre poste ici est une mesure disciplinaire. Je pense que votre présence dans ce trou perdu est une bonne chose pour le reste de l'humanité, car elle ne vous croise plus.

— Ça suffit, ordonna le commandant aérospatial ! Vous n'êtes plus un gamin ! Montez dans cette fusée et remplissez votre mission, on ne vous demande rien d'autre ! Quant à ce foutu meurtre, quelle qu'en soit la vérité, dites-vous que vous avez maintenant de quoi montrer votre sens de l'honneur !

Il reprit son chemin vers la fusée. Un ascenseur le monta jusqu'au poste de pilotage. Il s'assit dans le siège et ferma son harnais. La vidéo se fit entendre presqu'aussitôt.

— Aequalux, m'entendez-vous ? Ici la base.

Brenny reconnut la voix de l'ingénieur.

— Oui mon petit chat, je t'entends bien. La radio fonctionne, c'est déjà un bon point.

— Nous venons de fermer le sas d'accès. Confirmez-vous la pressurisation des portes ?

Il jeta un coup d'œil sur les cadrans d'étanchéité.

— Affirmatif.

— Nous terminons de remplir les réservoirs de gaz.

— OK.

— Avez-vous des questions sur le cockpit ?

— Non. Il est conforme à ce que vous m'avez dit.

— Et son utilisation aussi, vous verrez.

— Il y a intérêt. Il paraît que le service après-vente fonctionne mal. Il n'y a pas de hublot ?

— C'est normal. La poussée du moteur à photons provoque une explosion de lumière que l'œil humain ne peut pas supporter. Mais vous pourrez déclencher des caméras si ça vous manque trop.

Lorsque les réservoirs furent pleins, le compte à rebours reprit. Le moteur fut allumé depuis la base. Le cockpit tremblait dans ses moindres millimètres. Il y eut un bruit de fusion et d'explosion. C'était comme une éruption volcanique. Il voulut appeler le poste de contrôle, mais la radio, détraquée, ne crachait plus que des sons inaudibles. Une poussée violente le plaqua contre son fauteuil. Il hurla, tenta de se boucher les oreilles. Il avait l'impression que le moindre atome de son être, la plus petite particule qui le composait allait s'arracher des autres. Il perdit connaissance et sombra dans le néant.

Une forme blanchâtre était à ses côtés. Il tenta de la regarder. Elle était haute, mince. Elle ressemblait à une femme, égarée dans un voile de souvenirs blafards. Une femme. Une jeune femme. Il la reconnaissait peu à peu. C'était lors de cette foutue permission. Oui il l'avait suivie. Lui et ses trois amis avaient beaucoup bu. Ils l'avaient croisée en sortant d'un café. Il faisait nuit.

L'un avait dit que c'était une pute. Les deux autres avaient ri, et ils s'étaient refilés une bonne dose d'acide. Elle était entrée sous un porche sombre. Ça puait la bière et la pisse. Il se souvenait qu'il avait été malade. Les autres l'avaient laissé. Il avait voulu voir. L'entrée de l'immeuble était sale de poussière et de détritus. Il y avait au fond du couloir un vieil escalier en bois. La fille avait crié. Était-il monté, ou simplement resté en bas ? À l'instruction on lui avait prouvé qu'il l'avait poussée d'une fenêtre au cinquième étage. Il n'avait jamais pu s'en souvenir. Juste en lui cette odeur de pauvreté et de moisi. Ah si. Il y avait aussi ces images d'une rampe branlante. Et puis des marches qui tanguaient... Cinq étages. Cinq étages... Et il aurait pu les gravir ?... La forme le regardait maintenant, le visage apaisé comme sur les photos de la morgue. Ou peut-être simplement inexpressif.

On l'avait empoigné. Ils étaient quatre, cinq, peut-être dix. On l'avait projeté à terre, bien montré le visage de la morte. Du sang coulait encore de sa tête. Tellement de haine dans leurs cris. Des coups de poing, de pied. Et la police était arrivée. Puis il y avait eu le procès. Un avocat convaincu de son crime. Un procureur voulant faire un exemple. Et il était là, maintenant, en train de crever, sans savoir ce qu'il s'était passé.

Il voulut interroger la jeune femme. Sa main se tendit lentement vers l'image. Celle-ci reculait et diminuait, comme dans une perspective exacerbée. Il tenta de se redresser dans son siège. Sa bouche s'ouvrit pour demander. Mais elle s'éloignait toujours. Il se laissa retomber, perdu dans son questionnement sans réponse, pendant que l'ombre s'éclaircissait définitivement pour disparaître dans son univers.

C H A P I T R E   3

Si ça avait été possible, il aurait voulu sortir doucement de sa léthargie. Mais le bruit épouvantable d'une sirène résonnait à ses oreilles. Il frappa par réflexe sur un gros bouton pressoir à droite, comme sur les premiers Aarhus. Elle continuait. Il y avait aussi la voix dans le récepteur vidéo.

— Aequalux, répondez ! Aequalux, répondez !

Ah oui, sur les Eole-Traian, il y en avait deux, un de chaque côté du cockpit, et il fallait appuyer sur les deux en même temps. Un changement de norme sécuritaire. Il se redressa, étendit les bras et cogna sur les deux grosses poignées rouges. L'ingénieur s'égosillait encore.

— Aequalux, répondez ! Aequalux, répondez ! Brenny, vous êtes là, bordel de merde ?

— Et où veux-tu que je sois, s'entendit-il lui répondre en appuyant sur le commutateur de la vidéo.

— Bon sang, vous nous avez fait peur ! Alors, comment ça va ?

Comment voulait-il que ça aille, quand on s'est approché de l'enfer.

— Ça va... Ça va...

— OK. Pendant vos vacances, vous avez fait une première rotation autour de la Terre, histoire d'accélérer votre envol. À la prochaine vous vous élancez. Que dit le tableau de bord ?

Il avait mal à la tête. Il s'aperçut qu'il avait vomi sur sa combinaison.

— Si vous connaissez l'adresse de la pharmacie de garde du coin, je m'y arrêterais bien. Je me suis aperçu que je n'avais plus d'aspirine.

— Connard ! Que dit le tableau de bord ?

Il se résolut à y jeter un coup d'œil.

— Il me dit que la vitesse est de 0,687c, que le moteur tourne à 253 MGP seconde, que les batteries sont pleines à 999,99 pour mille, que la stabilité gravitationnelle intérieure est de 0,008M, le générateur d'atmosphère vitale en fonctionnement, la température de 21°C... Tu veux que je te lise tous les cadrans ?

— Bon, on a les mêmes chiffres. Tu peux retourner pioncer, on n'a plus besoin de toi pour l'instant.

— Bien reçu. Et pour la pharmacie, j'ai réfléchi, je dirai que je viens de ta part.

Il détacha son harnais, et d'une simple chiquenaude se hissa à un mètre du plancher. Il plana jusqu'à l'entrée de sa cabine en s'aidant des poignées réparties sur les parois. Mais lorsqu'il en poussa la porte, une surprise lui coupa le souffle. En effet, dépassant d'un sac de couchage accroché au mur d'en face, le visage sans vie de 242 apparaissait, semblant le défier dans un ultime message. Toutefois, aussitôt et par réflexe militaire, il jeta un rapide coup d'œil sur le reste de la pièce. Rien d'autre ne semblait anormal. Il avança lentement jusqu'au cadavre, en regardant maintenant précautionneusement chaque détail de chaque pouce de la cabine. Rien de particulier n'attira son attention. Comme tout engin spatial prévu pour voler en apesanteur, les couchages sur l'Aequalux étaient accrochés le long des parois latérales. Ce qui aurait semblé bizarrement vertical sur la Terre n'avait plus d'importance ici où le haut et le bas n'existaient pas.

Parvenu au sac, il en examina attentivement les liens à la paroi. Ils semblaient totalement normaux. C'était donc simplement une mauvaise blague. Chacun son humour. Et ceci expliquait les sourires sur les visages des deux surveillants, dans la pièce où il avait attendu une demi-heure. Pourtant, il était évident qu'ils n'avaient pu oser décider seuls de cette initiative. Sans doute donc le cadeau d'adieu du Colonel Lascot et de son cher petit chien le sergent Tiburon. Il défit les nœuds et retourna dans le cockpit, face à la caméra de liaison vidéo, en tirant le sac derrière lui.

— Salut mon chat, ici Aequalux, m'entendez-vous ?

— Mais oui Aequalux, bien sûr qu'on t'écoute. On n'entend même que toi ici.

— C'est pour me plaindre. Je viens de faire l'état des lieux de mon logement. L'ancien locataire a oublié de tirer la chasse dans les chiottes. Je vais le faire, mais je n'aime pas ça. Coup de pot quand même, je l'ai trouvé. Alors je vous l'ai amené avec son pécu.

Joignant le geste à la parole, il braqua la caméra sur la tête de 242 dépassant du sac. Il entendit un juron de surprise comme réponse.

— Allo mon chat, tu m'entends ? Ici Aequalux...

— ...

— Allo mon chat, tu m'entends ?

— Ta gueule, c'est quoi, ça ?

— Faudrait savoir, tu veux que je la ferme, ou je t'explique ?

— Fais pas chier, raconte.

— Je pense que c'est celui qui devait me servir de doublure.

— Aequalux, ici le commandant aérospatial.

Effectivement l'écran montrait maintenant le visage du haut gradé. Instinctivement, Brenny tendit son corps pour tenter une sorte de garde-à-vous malgré l'absence de pesanteur.

— Aequalux, vous en êtes sûr ou vous le pensez ?

— Mon commandant, nous n'étions plus que trois pour le dernier test, qui devait donner l'ordre du choix pour les premier et deuxième pilotes. Moi, lui et un autre. J'ai été le seul à terminer. Lui aurait dû finir deuxième.

— Et comment est-il arrivé là ?

— Je ne sais pas, mon commandant. Je me préparais au vol, répondit prudemment Brenny, avec un sourire angélique.

— Très bien. Débarrassez-vous-en, et reprenez votre travail.

— À vos ordres, mon commandant.

— Dernier point, Brenny. Ce n'est pas un hasard si je suis encore ici. On vient de nous annoncer la présence de vaisseaux ennemis sur votre route. Nous pensons sincèrement que votre vitesse vous permettra de passer entre eux sans qu'ils s'en rendent compte. Nous avons quand même décidé, afin de ne pas attirer leur attention sur vous, de ne plus émettre vers vous. Ceci est donc le dernier message que vous recevez depuis la Terre. Le seul lien entre vous et nous sera désormais ceux que vous nous transmettrez. Je voulais vous en informer personnellement, en vous souhaitant bonne chance pour votre mission. Et j'espère que ce n'est qu'un au revoir.

— Merci, mon commandant. Moi aussi.

Brenny se leva, lentement, en tenant toujours de la main le sac où gisait 242. Dans chaque vaisseau quittant la Terre, il y a un sas vers le vide intersidéral. Une loi non écrite, mais mise en pratique par tous les constructeurs de tous les pays, veut que ce sas soit toujours au moins de la taille d'un homme. Il l'y déposa, et appuya sur l'expulseur sans émotion. Après tout, cela n'avait plus d'importance. Le cadavre de 242 s'envola dans les ténèbres de l'infini.

Concernant le risque de rencontrer les vaisseaux ennemis, il décida de ne pas s'inquiéter. Il considérait, apparemment comme les hauts gradés, que l'extrême vitesse de l'Aequalux lui éviterait d'être détecté et attaqué. Et de toute façon, sa fusée n'était pas armée.

Après s'être changé dans sa cabine, il visita son vaisseau. Il allait être son seul espace de vie pendant de longs mois. Il était conforme à la simulation vue sur la base. Du cockpit partait une coursive, donnant sur plusieurs cabines. La première sur tribord serait la sienne propre. Les autres servaient de réserve et de salle de sport. Tout au bout était la cargaison. Elle ne figurait pas bien sûr sur les images qu'on lui avait montrées. Pour ce voyage, c'étaient donc des dizaines de mini-vaisseaux. Ils étaient pour l'heure repliés et tellement serrés les uns contre les autres, tant en largeur qu'en hauteur, qu'il ne put entrer dans la soute. Visuellement, le tout ressemblait davantage à un mille-feuille d'acier qu'à une arme de diversion stratégique. Il se dit qu'ils se déploieraient certainement de façon automatique, et cela le rassura et l'inquiéta en même temps. Il se promit de vérifier l'information dès qu'il le pourrait dans les instructions de bord. La largeur importante de la cloison très sécurisée entre le poste de pilotage et le début du couloir lui rappelait que seule cette partie avait pour objet de le rapatrier sur sa planète natale.

Le mode de vie de l'homme désigné pour piloter l'Aequalux dans cette mission avait fait l'objet de nombreuses réunions et d'études intenses. Il n'était pas question en effet de le laisser seul pendant des mois et des mois cloîtré dans une solitude spatiale. La solution la plus normale aurait été de le plonger dans une hibernation artificielle entre la sortie de l'orbite terrestre et l'arrivée dans le voisinage de l'émetteur recherché. Mais elle avait deux inconvénients majeurs. La première était que l'on ignorait justement où il devait se rendre, et donc combien de temps cela prendrait. Si le vaisseau était capable d'y aller par ses propres moyens et sans l'aide d'humains, la cryogénie répondait cependant à des règles strictes incompatibles avec des inconnues de cet ordre. Par ailleurs, les militaires ne voulaient pas laisser un bijou comme leur Aequalux sous la seule responsabilité d'ordinateurs. L'ingénieur en chef le lui avait bien fait entendre. Il avait donc été décidé que les phases de sommeil du pilote seraient artificiellement allongées pour durer quarante heures. L'impression de durée du voyage lui serait divisée par trois, et le pilote pourrait toutefois tous les deux jours contrôler les données du vaisseau, et en reprendre la main si besoin.

À bord d'un vaisseau spatial aussi automatisé que celui-ci, la vie devient rapidement monotone. Le travail de Brenny consistait simplement à vérifier que les informations communiquées par tous les calculateurs de l'Aequalux étaient cohérentes par rapport à la réalité du cosmos l'entourant, et à éventuellement rectifier celles signalées comme erronées ou douteuses. Il les traitait machinalement, comme un simple employé de bureau, s'interrogeant sur l'utilité d'envoyer un pilote bon, salaud et intelligent, dans la galère de cette mission. Ce voyage en forme de suicide militaire lui avait certes permis d'échapper à une exécution. Mais même avec des nuits de quarante heures, le temps lui semblait long.

Les rêves dans les sommeils artificiels n'existent pas. Pourtant, au fur et à mesure que son voyage se prolongeait, il lui semblait se souvenir de bribes à son éveil. Ils mélangeaient, dans leur féérie onirique, des épisodes de son enfance et des scènes de grands contes populaires. Par exemple, c'était le Petit Chaperon Rouge qui dérobait à Guignol la motte de beurre que sa mère lui avait demandé d'acheter. Ou bien le Chat Botté lui désignant en riant des champignons mortels, reconnaissables à leurs taches rouges et blanches, pour qu'il les offre à Cendrillon. Il s'aperçut rapidement qu'ils lui procuraient des migraines, dont il avait du mal à se débarrasser une fois éveillé.

D'abord surpris, Brenny mit ces rêves et ces maux de tête sur le fait que la longueur de ses nuits ne devait pas empêcher parfois des périodes de sommeil paradoxal. Il s'y ajoutait sans doute la tristesse de la solitude dans son vaisseau.

Parfois, il mettait la main sur les deux boîtes de cachets que lui avait données l'infirmier du camp. Il les regardait, amusé, puis les remettait en place aussitôt. Malgré la morosité de sa situation et la monotonie de ses heures d'activité, il se refusait à les ouvrir.

Il occupa d'abord son temps en lisant et en s'imprégnant des documentations enregistrées à bord. Il voulait absolument comprendre le moindre détail de l'utilisation de sa fusée, ou des mini-engins attendant d'être déployés dans la soute. Il s'obligeait à des exercices de mémorisation pour ne jamais douter de leur fonctionnement. À la moindre hésitation, il revenait au manuel d'utilisation. Son expérience de militaire lui avait enseigné que le moindre instant de flottement pouvait être fatal.

Il passait aussi beaucoup de temps à entretenir son corps grâce aux engins de musculation dans la salle de sport. On sait à quel point l'atrophie des muscles dans un milieu sans apesanteur peut être néfaste. Et Brenny savait que si disposer d'un organisme en bonne santé n'était pas une condition suffisante pour être certain de son retour, se laisser aller à l'oublier lui l'interdirait indubitablement.

Pour finir, il choisit de tromper son ennui en activant des jeux de simulation de pilotage intergalactiques dénichés dans un coin des programmes de sa fusée. Le caractère cocasse de la chose ne lui échappant pas, il s'amusa à envoyer ses scores à la base terrienne. Le temps se passait ainsi, de journées en longues nuits artificielles, de quotidien sans repère en semaines sans signification, avec toujours comme seul accompagnement le vrombissement continuel du réacteur de lumière.

Une fois pourtant, alors qu'il était plongé dans le sommeil artificiel d'une de ses longues nuits, le vaisseau l'appela à l'aide. Il le fit par le déclenchement d'une alarme tonitruante, une série de décharges électriques croissantes dans sa combinaison, et l'injection d'hormones stimulantes dans son cathéter. Il se dégagea aussitôt de son couchage et se précipita vers le poste de pilotage. Un message rouge en grosses lettres clignotait sur les écrans. « CONFLIT PRIMAUTE D'ORDRE VITAL ». Il cogna de ses deux poings sur les boutons pressoirs pour arrêter la sirène, et interrogea le moniteur central en tapotant rapidement sur son clavier. La réponse fut instantanée : « Alarme Tempête Météorites sur Voies Pré-Désignées ».

Nous y voilà, je vais enfin servir à quelque chose, ne put-il s'empêcher de penser en souriant d'aise.

Ce qu'on appelle une tempête de météorites est un terme impropre. Le premier à avoir utilisé cette expression l'avait fait en référence aux violences des tempêtes marines qu'on trouve sur la Terre. Dans l'espace, il s'agit plutôt de champs de météorites se déplaçant à des vitesses inimaginables, et que les hasards de l'univers font parfois rencontrer dans le cosmos. C'était donc un évènement important et dangereux. Ce que sa promotion avait appris sur les champs de météorites pouvait se résumer en trois phrases. « Ce genre de truc, c'est tellement redoutable qu'il ne faut jamais y aller. Si cependant on vous ordonne de le faire, vous faites en sorte par tous les moyens de ne pas recevoir l'ordre en question, et tant pis si c'est au risque d'une cour martiale. Même ça c'est moins dangereux pour votre avenir. »

L'ordinateur avait alerté à temps le pilote. D'après les radars, le champ de météorites commençait à quelques milliers de kilomètres terrestres de là. Ils étaient cependant sur la route qui menait vers le flux d'énergie. Évidemment il pouvait faire le vaisseau changer sa route, voire temporairement rebrousser chemin. Mais que se passerait-il ensuite ? Il se souvenait que l'ingénieur lui avait donné un délai de trente minutes avant que l'Aequalux refuse de lui obéir. Quelle décision prendrait l'ordinateur à la fin du décompte, face à ce champ de météorites ?

Brenny réfléchissait. Trouver une solution, vite. Les hagiocartes de ce secteur, quelque part derrière les lignes ennemies, n'étaient pas détaillées. Impossible donc de savoir si le champ était temporaire ou plus durable. Impossible également d'en connaître la taille et la densité.

Rester au même endroit trop longtemps était aussi une fausse sécurité. L'immobilité d'un engin spatial est une illusion puisque tout bouge dans l'espace. On est figé uniquement par rapport à un autre point. Et en l'occurrence, le point en question était une sorte d'autoroute de météorites qu'il faudra bien traverser à un moment. Car attendre sans rien faire qu'une pierre à la trajectoire plus fantasque que les autres fracasse son vaisseau, Brenny ne l'envisageait même pas. La résignation est comme un petit suicide qui se chuchote à l'oreille.

Il était en outre conscient qu'un autre danger le guettait. En effet, il était certain que seules les performances extraordinaires de sa fusée lui avaient permis d'éviter de faire des mauvaises rencontres. On était en guerre quand même ! La technologie du moteur à photons semblait supérieure à celle des ennemis, mais pour conserver l'avantage de sa vitesse sur eux, il devait absolument ne pas rester stationnaire. C'était l'éternelle histoire du chat et de la souris. Aller vite pour ne pas être rattrapé.

Il brancha tous les radars de sa machine sur les écrans de son poste de pilotage, afin d'en lire toute nouvelle information dès qu'elle serait retranscrite par l'ordinateur central. Les capteurs équipant l'Aequalux avaient une haute définition. Ils relevaient la trace de tout objet dans un rayon de 550 000 kilomètres carrés, dès lors qu'il avait au moins la taille d'un poing.

Les ordinateurs analysèrent que la plupart des objets volaient à 30 kilomètres/seconde environ. Les autres atteignaient les 40, voire les 60, et certains extrêmement lents restaient à 15 kilomètres/seconde. C'était étrange, d'ailleurs ces différences. D'autant plus que les tailles n'avaient pas dans ce cas d'incidence sur la vitesse. Peut-être plutôt le résultat de collisions il y a des millions d'années. Leur spectre thermodynamique, noir à la surface, les datait en effet d'un lointain passé et garantissait leur état de solide avéré. Par contre, il était évident que ces météorites allaient se percuter ensemble, générant de nouveaux objets, plus petits, mais pas moins dangereux. Même avec tous les propulseurs à fond, l'Aequalux, lui, ne dépassait pas les 20 kilomètres/seconde.

Pourtant, il comprit bientôt comment se sortir de cette impasse au mieux de sa sécurité. Et il éclata de rire en se demandant par quelle stupidité il n'y avait pas encore pensé. Un champ de météorites, même sous sa forme la plus dangereuse, n'est rien d'autre qu'un mini-secteur spatial, répondant aux grandes lois de la gravité. Il lui suffisait donc de demander à ses ordinateurs d'en déterminer les paraboles pour envisager sa traversée.

Les calculateurs se déclenchèrent lorsqu'il lança le programme Locus Incognitus. Ils travaillèrent pendant plusieurs heures. À plusieurs reprises, Brenny lut des messages d'interruption de calculs en raison d'incompatibilité de proposition. Cela pouvait se comprendre, car, étant donné la taille de cette tempête, les équations comportaient de très nombreuses possibilités. Un résultat s'afficha finalement sur le terminal. Brenny en fut éberlué. 72,4% de possibilités de traverser le champ de façon indemne. Comment était-ce possible ? Ou une route est sûre, ou elle ne l'est pas. Et si elle ne l'est pas, les ordinateurs ont pour fonction de l'éliminer. En aucun cas, il n'est dans leur finalité de transmettre une conclusion avec un caractère aléatoire. Il éteignit et relança le programme. La même réponse apparut sur son écran, quoique plus rapidement.

Considérant qu'il n'avait pas d'alternative, il décida de s'engager au milieu des météorites et rebrancha la conduite automatique. L'ordinateur lui donnait quand même trois chances sur quatre de s'en sortir. L'alarme rugit presqu'aussitôt. Comme il put le lire sur le moniteur dédié à la sécurité, c'était pour signaler qu'il quittait l'itinéraire le plus logique. « Éloignement Route Objective » Brenny ne s'en soucia pas, et l'éteignit aussitôt après avoir vérifié par réflexe que le point rouge était effectivement en train de quitter la zone graduée sur la boussole unidirectionnelle. Lorsqu'il aura disparu, il restera trente minutes pour savoir si l'Aequalux va comprendre sa manœuvre, ou si les ingénieurs ont inscrit dans ses entrailles informatiques un sens du devoir supérieur à l'instinct de survie.

Il ne le sut jamais, car le klaxon retentit à nouveau au bout de quelques dizaines de secondes. Un deuxième message apparaissait sur son écran : « Anomalie gravitationnelle décelée – Danger Niveau 1 ».

Le niveau 1 sur l'échelle des dangers restait d'un degré bénin. Il s'agissait davantage d'une information. Elle devait cependant être prise en compte dans ses prochaines décisions pour éviter une catastrophe toujours envisageable.

Il tapa sur les deux gros boutons rouges habituels pour éteindre l'alarme.

Elle resta silencieuse à peine le temps d'une respiration. Le premier message « Éloignement Route Objective » s'était à nouveau affiché sur l'écran.

Il frappa un peu plus fort les boutons de fin d'alarme. Le second message revint, avec le même bruit assourdissant de sirène.

Il jura et frappa avec rage une dizaine de fois les dispositifs rouges. Peine perdue, le klaxon revenait invariablement avec les deux messages d'alerte en boucle.

Les ingénieurs qui avaient travaillé sur les processus de sécurité les avaient tellement peaufinés que les alarmes retentissaient tant que leur cause n'avait pas été corrigée. Brenny se laissa alors aller à les insulter et les maudire comme jamais il ne l'avait fait auparavant vis-à-vis de qui que ce soit. Même le colonel Lascot lui aurait semblé sympathique dans ce moment, s'il avait eu la possibilité de penser à lui. Car pour résumer, Brenny se trouvait actuellement sur le point d'entrer dans une tempête de météorites, ce qui n'était déjà pas facile. Selon l'ordinateur, il n'avait que trois chances sur quatre de la traverser indemne. Cette probabilité diminuait maintenant en raison de l'anomalie gravitationnelle qu'il venait d'apprendre et qu'il n'avait pas encore eu le temps d'étudier. Et par-dessus le marché, un bruit de folie l'empêchait de comprendre ce qui était en train de se passer à l'extérieur ! Il ne manquait plus que l'Aequalux reprenne son autonomie à la fin des trente minutes, et la première météorite qui passerait mettrait un terme à ce voyage !

La première urgence était de combattre ce klaxon assourdissant. Il cogna sur les sorties du son, de plus en plus fort, pour faire taire ce bruit intolérable, mais cela ne fonctionna pas. Cela aurait été trop simple. Il se précipita sur la pharmacie de bord, et la mit sens dessus dessous, cherchant quelque chose pour se boucher les oreilles. Il mit la main sur les boîtes données par l'infirmier juste avant son départ. Il prit deux comprimés, les entoura de coton, et se les enfonça rageusement dans les oreilles. Le bruit n'avait pas cessé, mais son volume devenait un peu moins insupportable. Comme lui avait dit un jour un instructeur au temps de ses premières formations, « quand vous ne pouvez pas vous débarrasser d'un message auprès de l'expéditeur ou sur son chemin, c'est au destinataire qu'il faut s'en prendre. »

Puis il revint au poste de pilotage et demanda des précisions à l'ordinateur central sur l'anomalie gravitationnelle décelée. Ses réponses montrèrent que ce dernier ne comprenait pas l'origine des déviations dans le trajet des météorites. Brenny fit apparaître les résumés des calculs sur son terminal et les examina avec toute l'attention qu'il pouvait dans ces circonstances. Son cerveau fonctionnait très vite. La longue course des météorites était incurvée, sans que rien ne l'expliquât. Tout au moins, il ne voyait pas de planète suffisamment importante dans ce secteur pouvant en être la cause. Le gros point rassurant était que Locus Incognitus avait pris en compte cette donnée. L'Aequalux ne risquait donc pas d'aller s'empaler sur une météorite suite à une erreur de calcul. Du moins a priori, au vu de son pourcentage illogique de 72,4%.

Il s'attaqua alors à résoudre l'autre problème existant dans le vaisseau : l'alarme. Il chercha comment l'éteindre dans les documentations numériques, sans résultat. Il plongea dans les programmes des logiciels, mais se trouva rapidement face à une forteresse informatique. Malgré ses connaissances élevées dans ce domaine, dues à sa formation de pilote interstellaire, ce qu'il découvrait dans l'enchaînement des algorithmes lui semblait totalement inconnu. Les militaires ayant supervisé la création de la fusée et les termes de sa mission avaient veillé à ce qu'il ne puisse rien dérégler. Et Brenny manquait de temps pour trouver une faille et s'y faufiler.

Il retourna à l'arrière et y trouva quelque chose qui pouvait servir de masse. Il revint devant une des sorties de la sirène et, s'accrochant de la main gauche afin de ne pas être gêné par l'apesanteur, y frappa de toutes ses forces plusieurs fois. Il cessa, croyant déceler un changement d'amplitude. C'était effectivement le cas, mais pas dans le bon sens : le son lui venait plus fort aux oreilles. Croyant qu'il ne s'agissait que du déplacement de ses bouchons auditifs fabriqués avec les moyens du bord, il les réenfonça. Rien n'y fit. Intrigué, il regarda son écran de contrôle et jura encore. Il y lut en effet qu'une « Alarme Niveau 4 – Détérioration en cours système de sécurité » s'était déclenchée. Bien sûr qu'il était en train d'être abîmé ! C'est même lui qui tapait dessus, puisque son bruit l'empêchait de se concentrer !

Toutefois, la documentation apprise pendant ses longues heures d'inactivité lui avait appris que le niveau 6 créerait un réflexe d'autodéfense dans l'ordinateur, empêchant de débrancher le pilotage automatique. Une mission, c'est une mission, même pour une machine. Il avait été ordonné à l'Aequalux de se rendre sur une planète lointaine et d'y attaquer une source inconnue d'énergie, et il s'y rendrait coûte que coûte, même avec un pilote rendu fou par le bruit. Ce qui était une proposition théorique sensée relevait dans l'espace de la bêtise. Les responsables sur Terre n'avaient pas pensé à l'exaspération d'un pilote, en butte à une stupide alarme que l'on ne peut pas éteindre.

Le bruit ne se propage pas dans l'espace, se souvint-il soudain. Il n'y avait peut-être qu'une chance sur cent pour que cela fonctionne, mais il fallait l'essayer. Il alla prendre dans la réserve un dépressuriseur portatif, ainsi qu'un peu de mastic de réparation spatiale. Il le moula contre son poing, pour en faire une demi-boule creuse, et la colla contre une sortie du son. Puis il y introduisit un embout mince de la mini-pompe, et en expulsa l'air qui s'y trouvait. Il eut un gros soupir de soulagement en constatant que la sirène n'émettait plus par cette ouverture. Son vaisseau était en effet tellement sécurisé que les ingénieurs avaient rendu indépendantes toutes les gaines des circuits internes. Il s'empressa évidemment de continuer la même opération sur les autres sorties de son liées aux alarmes. Le klaxon s'égosillait certainement encore, mais ses ondes sonores se perdaient dans la faible pression qu'il avait générée dans ses tuyaux.

Puis il revint à son poste de pilotage. Il lui fallait maintenant comprendre les sources de l'anomalie décelée par les ordinateurs. Alors qu'il réfléchissait, son œil fut attiré par les témoins des régimes moteurs. Les chiffres augmentaient graduellement sur les diagrammes, sans pour autant que la vitesse de l'Aequalux ne s'accélère. Quelque chose attirait donc la fusée, comme un aimant, et celle-ci y répondait par davantage de puissance. De plus, cet élément déviait le déplacement des objets spatiaux dans sa sphère d'influence. Un trou noir. Il ne pouvait s'agir que d'un trou noir. Et l'Aequalux faisait son possible pour ne pas y sombrer.

Il fallait trouver une solution, vite. Ces phénomènes très dangereux ne sont pas, comme on pourrait le croire en raison de leur nom, des petits espaces vides dans l'univers se remplissant de ce qui passe à leur portée, un peu comme un dénivellement sur le passage d'un filet d'eau. Il s'agit au contraire de points très condensés en matière, et c'est cette forte concentration qui leur amène ce qui se trouve dans leur environnement. Tout ce qui entre à l'intérieur de leur rayon d'action dérive inexorablement vers leur centre, et ce qui reste à l'extérieur en est rejeté. Ceci expliquait la dérivée concave relevée sur la tempête de météorites. Tant que Brenny resterait dans son sillage, il ne risquait donc rien sur ce point.

Toutefois, les trous noirs ont une autre caractéristique. En effet, outre la matière, ils ont une force d'attraction sur les flux de lumière. Ce qui était formidablement fâcheux lorsqu'on est à l'intérieur d'un vaisseau équipé, justement, d'un moteur basé sur les propriétés des particules de lumière.

— Réfléchir, réfléchir, réfléchir à la vitesse de la lumière ! Justement, je suis dans une fusée se déplaçant en fonction de la lumière qu'elle émet. Je ne peux que dévier de mon objectif final. Il y a de tous côtés des météorites. Elles vont toutes dans la même direction, mais ce n'est pas tout à fait la mienne. Je ne peux pas sortir de ce torrent de grosses pierres. Si je freine, je me retrouve dans le trou noir, et définitivement ! Je ne peux pas accélérer beaucoup plus. Pour empêcher un aimant de fonctionner, il faut le dépolariser, mettre un obstacle entre son flux et le métal, ou grossir l'objet qu'il aimante. Je ne peux rien faire de tout ça. Ni influer sur le trou noir, ni le rapetisser, ni y mettre un obstacle... Bon sang, si j'étais un de ces météorites qui m'entourent ! Mais oui... C'est ça ! J'y suis presque… Si on considère que ma destination est le nord, cette tempête va vers le nord-est. Il faut que je devienne une de ces grosses pierres... Vite, vite, trouver la solution ! Oui, je l'ai ! Je me pose sur une météorite !

Par réflexe, il voulut resserrer son harnais de sécurité au niveau de la poitrine. Il s'aperçut alors qu'il était touché par un autre phénomène. Alors qu'il sentait dans ses doigts la sangle thoracique sur laquelle il voulait tirer, il vit son bras toujours au niveau des cuisses.

— C'est pas vrai ! Mon espace-temps se fractionne ! Bordel de moteur à photons ! M'en tirer, vite !

Le bras arrivait enfin dans son champ de vision sur la sangle. Le temps de latence était d'une demi-seconde environ. Il lui fallait choisir la météorite sur lequel il se poserait, de préférence assez grosse pour s'accorder une marge d'erreur, interrompre le pilotage automatique, prendre lui-même les commandes, et mettre en œuvre l'atterrissage. Toute cette suite d'opérations était trop compliquée pour qu'il la fasse sans regarder les ordinateurs. Il allait pourtant devoir l'accomplir de mémoire afin de ne pas être gêné par cette nouvelle distorsion. Il prit donc sa respiration, et s'appliqua à choisir sur ses écrans une météorite. Il en vit assez rapidement une, de taille suffisante, et d'accès assez facile. Seul inconvénient, elle tournait lentement sur son axe horizontal, mais on pouvait considérer que cela avait peu d'importance.

Il attendit de longues secondes, peut-être même de longues minutes que l'autre s'approche à la distance nécessaire. Il débrancha alors le pilotage automatique, et tout en contrôlant les envois de flux de ses moteurs, il descendit vers la météorite en se dirigeant, comme les pionniers de l'aviation, au manche à balai. L'opération lui sembla terriblement longue et lui fut très éprouvante. Il était en sueur dans sa combinaison. Il put enfin poser l'Aequalux sur la grosse pierre. Il avait choisi une surface plane grande comme vingt fois son vaisseau. Bien lui en prit, car l'Aequalux y atterrit, avec le peu de délicatesse qu'on peut imaginer malgré les efforts de son pilote, à plus de cent mètres de l'endroit visé. L'appareil s'y plaqua cependant, et Brenny continua de faire actionner ses rétrofusées pour éviter que les tournoiements de son refuge ne l'en expulsent. Car si dans l'espace la gravité n'est pas réellement ressentie, la force centrifuge, elle, produit tous ses effets.

Brenny se considérait comme sauvé du trou noir. Sous l'effet de la fin de la pression nerveuse qui lui avait été nécessaire pendant cette manœuvre délicate, il se mit à trembler de tout son être. Une forte migraine s'y ajouta. Il tourna la tête vers la gauche, comme pour s'en échapper. L'ombre de la dame blanche était revenue. Il s'évanouit.

Malgré son inconscience, des images martelaient son cerveau. Curieux rêve, qui trouvait son origine dans son passé. Car alors il revit la scène.

Oui, il avait gravi l'escalier pour suivre cette prostituée dont il avait été convaincu de meurtre. Oui, il avait bien monté les cinq étages. Oui, elle l'avait regardé, et ça avait été comme une invitation. Les odeurs d'urine et de poubelle dans l'escalier, les graffitis sur les murs et les marches qui grinçaient, oui il se remémorait tout. Il avait eu mal au cœur. Il s'était arrêté pour reprendre son souffle. Elle avait cessé de monter et l'avait attendu. Lui aussi l'avait regardée. Il avait souri, comme on dit « Ne t'en fais pas, j'arrive. » Elle avait souri à son tour. Peut-être par politesse ou comme pour un encouragement. En tout cas c'est ainsi qu'il l'avait perçu. Il avait repris sa montée. Elle avait ouvert une porte. Il était entré à sa suite. C'était une chambre triste. Il avait tiré son portefeuille et commencé à sortir des billets. Elle l'avait regardé, de longues secondes sans rien dire, puis brusquement avait pris quelque chose, comme des cachets, les avait avalés, s'était précipitée sur la fenêtre, l'avait ouverte et s'était jetée à l'extérieur. Il était allé à la rambarde. Le corps gisait dans du sang. Quelques personnes s'étaient déjà attroupées. L'une avait levé la tête et crié en le montrant du doigt. Dans ses ivresses d'acide et d'alcool, Brenny s'était à peine aperçu que quelque chose de grave venait de se produire pour lui.

Quand il reprit ses esprits, sa migraine était toujours présente. Il s'y ajoutait l'odeur amère de la bile. Les images de la scène revenaient sans cesse en lui. Il savait que c'était la vérité, et que lui seul la connaissait. Il était donc un innocent puni à tort. Mais qui pouvait maintenant s'en soucier ?

Le vaisseau avait continué à voguer, accroché à son bout de matière tellurique. Après avoir hésité, Brenny avait décidé de continuer sa mission. Il lui aurait été facile sans doute de rester ainsi sur son morceau de pierre jusqu'à la fin des réserves vitales emmagasinées dans l'Aequalux. Il lui suffisait de stopper les moteurs et l'alimentation. Dans son immense solitude, le désir d'aller au bout de sa mission restait cependant à ses yeux une preuve de son existence. Le sentiment de liberté qu'aurait pu lui procurer la fuite lui semblait aussi dérisoire qu'un caprice d'enfant.

Parallèlement, l'ordinateur central n'avait pas daigné reprendre les commandes de façon autonome. Apparemment, les ingénieurs lui avaient appris ce qu'était un trou noir, et il semblait avoir accepté la manœuvre du pilote pour y échapper. Il est vrai que régulièrement, Brenny relançait Locus Incognitus, et que les résultats de celui-ci gagnaient en confiance. Au fur et à mesure qu'on s'éloignait de la zone d'influence, ils atteignaient 75,3%, 78,6%, 82,1%, etc. Au bout de plusieurs jours, l'ordinateur décela une route totalement sûre entre les météorites. Brenny et l'Aequalux reprirent alors le chemin de la lointaine planète au flux d'énergie mystérieuse.

Malgré ses quarante heures de sommeil programmées, ses nuits devenaient de plus en plus agitées. Ses rêves devenaient un espace dans lequel se projetaient tous les épisodes de sa vie. Il s'y ajoutait des migraines continuelles. Les calmants et médicaments de la pharmacie ne le soulageaient que légèrement.

Il avait conscience que ces trois éléments, les maux de tête, l'explication du meurtre dont on l'avait accusé et ses rêves avaient un lien entre eux. Mais il ne pouvait pas le déterminer. Il espérait qu'il ne s'agissait pas des symptômes d'un début de folie. Cela n'aurait pas été étonnant, cloîtré qu'il était depuis des mois dans sa minuscule boîte de conserve. Il était temps que sa mission se termine, d'une façon ou d'une autre.

Il put enfin visualiser la planète sur ses écrans, but final de son voyage, minuscule point brillant parmi des millions d'autres. Encore quelques semaines, il approchait de son orbite. Il ne put s'empêcher d'avoir une pensée de fierté en pensant à tous ceux qui avaient construit et mis au point son moteur révolutionnaire à photons. C'était grâce à lui, sans aucun doute, qu'il n'avait croisé la route d'aucun vaisseau ennemi, et grâce à lui, encore, qu'il pouvait se targuer d'être le premier humain à avoir voyagé aussi loin dans l'univers. Il se demanda si cette primauté ne lui donnait pas le droit de baptiser cette planète, par exemple du nom de son vaisseau l'Aequalux. Puis il pensa aux conditions de son éventuel retour, et eut honte de cette bouffée d'orgueil, typique de l'être humain.

Ses instruments décelaient peu de mouvements d'autres vaisseaux autour de la planète. Lorsqu'il fut assez proche pour la jauger par lui-même de visu, il la survola sur tous ses méridiens et la filma. Les images qu'il en retira montraient une planète tellurique, recouverte d'eau d'où émergeaient de grands continents. Ceux-ci semblaient verts, comme si de la végétation chlorophylle y poussait. Les analyses spectrales de son atmosphère lui apprirent que l'air ambiant y était proche de celui de la Terre. Il fit calculer également sa densité volumique, et arriva là aussi à un résultat équivalent à celui de sa planète d'origine. Une vraie petite cousine de la terre en somme, comme on en avait déjà découvert des centaines dans l'univers.

Il se prépara enfin à achever sa mission. Auparavant, il regarda une dernière fois les images de cette nouvelle planète. Il eut la tentation d'y atterrir, si les ordinateurs de bord le lui permettaient, puisque les conditions de vie y semblaient propices à l'espèce humaine. Il y renonça, sans trop savoir pourquoi. Peut-être en lui la peur de l'irrémédiabilité de sa présence, mêlée à un curieux sentiment d'un devoir d'obéissance à sa mission. La possibilité d'un retour sur Terre, grâce à un sauvetage miraculeux dans l'espace avant la fin de ses réserves lui semblait plus réaliste.

Il se caparaçonna dans la cellule de survie de l'Aequalux, vérifia que tout était en ordre sur ses cadrans et diagrammes, et tendit la main pour abaisser la manette devant libérer les mini-vaisseaux derrière lui.

Avant qu'il ne la touche, il entendit un grand bruit derrière lui. Le corps central de sa fusée venait de s'ouvrir, et il discerna sur ses écrans que sa cargaison se répandait autour de l'Aequalux. Il n'y avait pas d'autre explication possible, il s'agissait d'une manœuvre automatique. Il s'étonna cependant qu'elle lui ait échappé lorsqu'il avait étudié la documentation.

Toutefois, les petits modules explosaient tous les uns après les autres dans l'espace autour de lui, avant même de s'ouvrir et de se déployer. À cette incohérence s'ajoutait une autre, beaucoup plus grave : son vaisseau ne lui répondait plus. Aucune des sollicitations qu'il lançait depuis son poste de pilotage n'avait de réponse. Affolé, il comprenait que sa capsule descendait à toute vitesse. Rien ne se passait comme on le lui avait promis. Il s'attendait à ce que, comme les mini-vaisseaux qu'il avait amenés, elle explose à son tour. Ce ne fut pas le cas. Au contraire même, il entendit ses rétrofusées se déclencher. Il ne sut jamais si c'était suite à ses commandes, ou si cette manœuvre était inscrite dans les processus automatiques de sécurité. Puis un premier choc, comme un palier brutal, lui apprit que des parachutes de freinage s'étaient déployés en entrant dans l'atmosphère de cette planète. La vitesse de la chute semblait se stabiliser dans les limites du seuil de danger vital. Un second impact, beaucoup plus violent que le précédent, l'informa que son engin avait touché le sol.

Sa capsule rebondit plusieurs fois en tournant sur elle-même. Lorsqu'elle cessa ses sauts incontrôlés de machine folle, elle roula, roula, tantôt à droite, tantôt à gauche, déviant sa course au moindre accident de terrain. Des instruments de bord se détachaient du tableau de bord, devenant autant de projectiles dans son espace de sécurité. Il tentait de s'en protéger en cherchant à ramener ses avant-bras devant son visage. Mais la violence des chocs qu'il vivait ne lui permettait pas cette précaution élémentaire.

Malgré tous ses entraînements, Brenny s'aperçut qu'il avait peur. Il s'attendait désormais à tout. Explosion, déflagration, volatilisation... Tout, sauf de continuer à vivre. Le harnais de sécurité qui le plaquait à son siège n'avait jamais aussi bien rempli son rôle. Faisant bloc avec ce qui restait de son vaisseau le glorieux Aequalux, fierté de la technologie militaire terrienne, il le maintenait contre les derniers éléments fixes de sa capsule de sécurité. Il crut mourir à de multiples reprises. Et finalement, comme par miracle, tout ralentit et s'arrêta enfin. Il était groggy, tel un boxeur face à un mégatron électronique, à la limite de la perte de connaissance.

CHAPITRE 4

Il tremblait de partout. Il attendit de longues secondes, peut-être des minutes ou même davantage, puis s'obligea à respirer longuement. Ensuite les réflexes reprenant le dessus, il fit bouger comme on le lui avait appris chacune de ses articulations, en commençant par les extrémités de ses bras et jambes. Il était endolori de partout, mais rien ne semblait cassé et il était en vie. Ayant atterri sur une planète inconnue, il hésita toutefois à considérer que c'était de la chance. Le militaire en lui regretta de ne pas pouvoir informer la Terre de son échec, et de son arrivée catastrophique sur cette planète.

Le système de caméra extérieure et son écran avaient miraculeusement survécu à la tornade de chocs. Ils montraient un paysage. Rocheux et sablonneux, avec parfois au loin de grandes taches ressemblant à des prairies. Il parvint à faire pivoter l'axe de l'objectif et, presque sans surprise tant de toute façon la situation lui était déjà extraordinaire, il vit une sorte de gnome face à ce qui était la porte de son habitacle. C'était un être vivant, vêtu d'un genre de toge brun-gris l'enveloppant totalement, mesurant peut-être un mètre de haut, et dont on ne voyait ni bras ni jambe. Sa tête entièrement glabre était humanoïde avec deux yeux, répartis au-dessus d'un museau en forme de nez, et deux oreilles de chaque côté de la tête. Il ne touchait pas le sol, lévitant à une vingtaine de centimètres au-dessus de celui-ci.

Brenny était hypnotisé par cette vision. Malgré de nombreuses années de pilotage dans le cosmos, son regard n'avait encore jamais croisé la vision d'une créature d'un autre univers. Une règle s'était en effet imposée dans les voyages intersidéraux, celle de ne mettre en aucun cas en contact des individus de planètes différentes. Les échanges physiques se faisaient à l'aide de robots. On était certain ainsi d'éviter des incidents ou pire, en raison de mauvaises incompréhensions de part ou d'autre.

Le gnome ne faisait rien. Il restait immobile face à l'appareil, devant l'ouverture qui servait de porte. Seuls les yeux clignant parfois, ou regardant les alentours, le reste du temps simplement mi-clos en situation d'attente, montraient que cet être était doté de vie. Au bout de quelques demi-heures, ou quelques heures il ne pouvait pas l'estimer, Brenny quitta son siège afin de se préparer à sortir. La mort se regarde en face. Il s'étendit des onguents sur les endroits les plus douloureux de son corps, avala quelques pilules, se changea et bourra ses poches de produits de première nécessité. Enfin il se présenta face au sas de sortie. Il respira un grand coup, et en débloqua le mécanisme d'ouverture. La porte coulissa. Le gnome, toujours au même endroit, le regarda, une sorte de sourire sur la face. Tout à cette scène, Brenny ne s'aperçut ni du soleil qui l'éblouissait, ni de la température de l'air, ni de la quasi-absence de vent. Il n'eut même pas conscience que son organisme respirait normalement dans l'atmosphère de cette planète inconnue.

Le gnome déplia lentement de dessous son vêtement un bras droit, puis un deuxième à gauche, et les étendit paume ouverte vers le haut dans la direction de Brenny. Celui-ci l'imita, tout aussi doucement, en espérant qu'il s'agissait d'un geste de paix universel. L'autre ramena alors ses bras, toujours aussi lentement, vers lui, et le terrien comprit qu'il devait s'avancer. Après avoir regardé à droite et à gauche, il quitta sa capsule de survie, posa les pieds sur le sol et se dirigea précautionneusement vers le curieux être. Ce dernier entreprit alors de reculer, toujours lévitant, et toujours continuant le même geste des bras, avec toujours le même rythme lent. Brenny lui obéit et marcha dans sa direction, prenant garde d'éviter tout geste brusque.

Après s'être ainsi tous deux déplacés de quelques dizaines de mètres, le gnome s'arrêta. Il tendit un bras vers le pilote naufragé, un autre vers les restes de l'Aequalux, et regardant ceux-ci, fit un ample mouvement sec du bras. La capsule explosa, dans un mélange de feu et de vacarme. Puis il se tourna vers Brenny, le bras toujours étendu, et fit un geste rapide du poignet. Le pilote ressentit une douleur à la nuque. Il y porta la main, et s'aperçut qu'il saignait. L'autre refit le même geste. Quelque chose brilla dans l'air. Le gnome l'attrapa, la regarda avec une moue, serra fort dans ses mains et la lança à Brenny. Il s'agissait de la puce de localisation du camp d'entraînement. Le pilote ressentit à cet instant un sentiment de honte d'avoir dû porter cette laisse numérique.

Le Terrien fut dirigé vers un véhicule garé à proximité. Il était relativement petit, et se composait d'une cabine étroite et d'un plateau. Il comprit qu'il devait grimper derrière. Comme par miracle, des ridelles hautes de deux mètres et en forme de barreaux croisés, apparurent dès qu'il s'y fut installé. La vie en prison commençait-elle déjà pour lui ? Il s'approcha des barreaux, mais perçut un grognement de la part du gnome. Il recula pour s'asseoir au centre du plateau, quand l'autre grogna plus fort. Instinctivement, il se tourna vers lui. L'autre le regardait intensément en faisant quelques gestes avec ses bras. Il voulait lui dire quelque chose. Brenny réfléchit, et tout en ayant les yeux posés sur lui, approcha à nouveau la main des barreaux. Le gnome émit cette fois encore un son, moins menaçant et plus plaintif. Brenny leva les mains en signe d'assentiment, puis les tendit vers son gardien paumes ouvertes vers le haut. Il avait compris que toucher les barreaux était dangereux. Comme ils étaient entièrement lisses, on pouvait en conclure qu'ils étaient électrifiés ou quelque chose comme ça. Le gnome y répondit lui aussi par un geste d'apaisement.

C'est à ce moment que Brenny s'aperçut que son interlocuteur avait des pieds. Il avait en effet quitté la lévitation, et marchait en trottinant sur le sol. Il n'en était pas beaucoup plus grand pour autant. Il monta dans la cabine, et fit démarrer l'espèce de camionnette.

Le véhicule s'engagea sur un chemin de terre, puis des voies de plus en plus larges et au sol stabilisé. Brenny tenta de faire le point sur ce qu'il s'était passé depuis qu'il avait voulu larguer les mini-vaisseaux sur cette fichue planète. Ceux-ci avaient explosé hors de son contrôle, lui-même avait dû atterrir, un gnome l'y attendait, et l'emmenait prisonnier après avoir fait exploser sa capsule de retour d'un simple geste de la main... Pour la première fois depuis très longtemps dans son existence, il n'avait aucun moyen de peser en quoi que ce soit sur sa situation. Il décida de l'accepter pour l'instant, faute de mieux, et s'obligea à regarder le paysage.

Ils traversaient ce qu'on aurait appelé sur la Terre une campagne, faite de prairies pauvrement herbues et de zones rocailleuses brun clair. Des animaux y paissaient parfois. Le véhicule n'étant pas extrêmement rapide, il put les regarder avec attention. Et ce qu'il découvrit le surprit énormément... D'abord, il reconnut un groupe de licornes. Son étonnement fut tel qu'il ferma les yeux quelques secondes. Lorsqu'il les rouvrit, elles étaient toujours présentes. Il y en avait une petite dizaine, au pelage bleu ciel tacheté de blanc. Deux d'entre elles se combattaient violemment, à coups de corne, sabots, et même de dents. L'une s'écroula. Son adversaire la transperça à plusieurs reprises puis s'éloigna. Les autres membres du groupe, qui semblaient n'attendre que ce signal, bondirent sur le corps de la victime et entreprirent de la dévorer. Des soubresauts montraient qu'elle n'était pas encore morte.

Face à ce spectacle, Brenny ne put s'empêcher de vérifier du regard que tous les barreaux l'entourant étaient bien en place. Et il se demanda si leur but n'était pas plus de le protéger, que d'éviter qu'il ne s'enfuie.

Le véhicule avait maintenant atteint une route plus importante. Ils ne croisaient toutefois pas d'autres engins. Le même paysage plat, avec ses alternances de sol pierreux et de prairies rachitiques, défilait de chaque côté. L'attention de Brenny fut alors attirée par un point qui grossissait dans le ciel. Quoique très haut, il se rapprochait de lui en venant dans sa direction. Le point se divisait, re-fusionnait, se séparait à nouveau... Brenny discerna qu'il s'agissait de deux animaux qui volaient, combattant sans doute l'un contre l'autre.

Ils semblaient avoir des corps très longs, et être extrêmement vifs malgré leurs tailles. Les ailes, gigantesques, étaient proportionnées au corps qu'elles devaient porter dans les airs. Une boule de feu jaillit dans le ciel, à proximité d'eux. Une seconde y répondit aussitôt. Des dragons ?... Les dragons de son enfance existeraient donc sur cette planète ? Il avait l'impression de vivre un cauchemar. Les deux monstres n'étaient plus qu'à deux cents mètres du véhicule.

Il les voyait parfaitement, leurs corps luisants couverts d'écailles vertes et grises, leurs ailes translucides comme celles des insectes. Ils tournaient l'un autour de l'autre, tentant de se mordre avec leur gueule à la forme crocodilienne. Le véhicule roulait toujours, de son allure monotone et tranquille. Brenny, hébété par ce spectacle irréel, hésita. Puis, quitte à attirer leur attention, il frappa de toutes ses forces contre la paroi arrière de la cabine, voulant prévenir le conducteur du danger qui les guettait tous les deux. Le gnome y répondit de façon étrange. En effet, des tiges horizontales sortirent du haut des barreaux entourant le plateau du véhicule, et se rejoignirent, formant ainsi une cage. Cette réaction effraya davantage le prisonnier qu'elle ne le rassura. Car que pouvait cette protection, aussi solide soit-elle, contre la force de deux dragons ? Et même si tel était le cas, que pourraient les pauvres barreaux contre le feu ? Autant dire que Brenny s'attendait à finir son existence brûlé par la flamme d'un dragon. Ceux-ci continuaient de se rapprocher, puis, presqu'à la verticale du véhicule, ils remontèrent en flèche. Peu à peu ils disparurent dans l'azur infini du ciel bleu de cette planète.

Brenny était en sueur. Il étendit sa main devant lui, afin de vérifier son état nerveux. Lui, le pilote aux qualités psychologiques irréprochables, vit qu'elle tremblait comme s'il avait abusé de potions psychotropes. Malheureusement, il se doutait que le cauchemar n'allait pas cesser. Et c'en était trop pour lui. Aussi, il hurla, pour accompagner sa peur, son désespoir. Il regarda les barreaux qui l'entouraient. Il souhaita qu'ils soient aussi dangereux qu'il avait cru le deviner. Et il se précipita sur eux. Mais avant même de les toucher, il fut rejeté violemment en arrière. Il recommença, et le même phénomène se produisit à nouveau. Il ne parvenait pas même à les toucher de ses doigts. Il comprit qu'ils émettaient un champ magnétique de protection.

Cet incident, qui n'était pourtant rien comparé à tout ce qu'il venait d'endurer, fut celui de trop. Alors, pour la première fois depuis des années, Brenny se laissa aller à des émotions enfantines, et il pleura en criant, essuyant à peine d'un revers de ses manches ses larmes chaudes qui coulaient sur ses joues mal rasées.

Ils arrivèrent bientôt dans une agglomération. Un talus de terre ocre, haut d'à peine deux mètres et pouvant être assimilé à un petit rempart, l'entourait. Brenny, qui commençait à reprendre ses esprits, entreprit d'analyser ce qu'il voyait. C'était loin des ouvrages militaires qui existaient sur Terre, même très anciens. Peut-être cela avait-il cependant suffi à ce peuple. Il avait déjà entrevu le pouvoir extraordinaire qu'il détenait. Aucune habitation ou surface cultivée ne se trouvait à l'extérieur. Cette élévation ressemblait donc davantage à une délimitation, ou une protection contre des éléments naturels, qu'à autre chose. À intervalles réguliers, des objets brillaient sur des pilotis. Ils ressemblaient à des miroirs.

Ils entrèrent dans la ville par une ouverture dans le talus. Elle ne comportait ni porte, parapet ou barbacane, mais une simple chicane resserrée dans son tracé. À l'intérieur de cette enceinte, la cité était composée d'habitations, basses et aux murs de la couleur ocre de la terre locale. Pour le peu qu'il put voir, elles avaient été érigées de façon à créer des voies étroites et tortueuses. Les plus hautes, atteignant peut-être cinq ou six mètres, semblaient ne comprendre que deux ou trois étages.

Brenny vit aussi quelques individus. Ils avaient la même morphologie générale que le gnome qui l'avait capturé. Aucun d'entre eux ne lévitait. Et tous portaient des tuniques de couleur vive. Certains le regardèrent. Mais aucun ne le fit avec curiosité. L'humain qu'il était ne présentait donc aucun motif d'attention.

Le véhicule s'arrêta devant un bâtiment à peine plus important que les autres. Deux autres gnomes, vêtus de gris, se postèrent de chaque côté du plateau. Lorsque son conducteur les eut rejoints, les barreaux de la cage s'effacèrent. Obéissant aux signes qu'on lui fit, il en descendit et entra avec eux dans l'édifice.

On lui fit suivre plusieurs couloirs, passer autant de portes, traverser de nombreuses pièces, et il arriva dans une qui lui sembla gigantesque. Elle donnait l'impression d'être deux fois plus haute que ce que l'extérieur de l'édifice avait montré. Et, Brenny en était certain, le chemin qu'on lui avait fait emprunter n'avait jamais été en pente descendante. Les murs de cette pièce, également en terre ocre, étaient lisses et ne comportaient aucune fenêtre. On ne distinguait pas non plus d'éclairage. Pourtant, il y faisait clair comme si la lumière extérieure s'y répandait. Au plafond était dessinée de façon stylisée une étoile noire à neuf branches dans un cercle blanc. Le même motif décorait le sol. On le fit s'asseoir en tailleur au centre de cette sorte de mandala.

Trois nouveaux gnomes arrivèrent. Ils portaient des manteaux sans manche, de la couleur des murs. Ils traversèrent lentement la pièce, à trente centimètres du sol, en regardant intensément le visage de Brenny. Ils s'installèrent sur la circonférence du cercle, à espaces réguliers, formant ainsi un triangle. Les deux qui l'avaient accompagné depuis l'extérieur, sans doute de simples gardes, quittèrent la salle. Celui qui l'avait capturé s'assit en retrait, le plus éloigné possible de Brenny.

Dans un premier temps, le terrien avait cherché à regarder les deux êtres face à lui. Mais comme il ne se passait rien et que chacun des protagonistes dans la salle restait immobile, il avait peu à peu inconsciemment baissé les yeux. Puis, comme il peut arriver lorsque la concentration s'atténue ou que l'on s'ennuie, une petite rengaine était montée dans ses pensées. Elle était douce, comme les berceuses que l'on fredonne aux enfants sur la Terre. Et peut-être d'ailleurs s'agissait-il d'une de ces comptines qu'il avait entendues un jour, quelque part, dans ce qui n'était plus maintenant qu'un lointain passé. Il s'obligea à résister, dans son honneur de soldat, mais la lassitude, l'immobilité de sa position, et sans doute il faut bien le dire les émotions de cette journée, firent qu'il ferma les yeux.

Lorsqu'il les rouvrit, il faisait nuit dans la pièce. Des flambeaux accrochés aux murs dégageaient de la lumière. Les ombres qu'ils projetaient changeaient sans cesse, comme avec les flammes d'un feu. Mais ici aucune trace de fumée ne s'élevait. Les individus autour de lui avaient également changé. Ils étaient maintenant neuf, tous en légère lévitation et chacun au bout d'une des branches de l'étoile. Des aliments avaient été posés devant lui. La voix d'un de ses instructeurs militaires lui revint en mémoire. Il l'entendit lui dire, comme lorsqu'on rêve : « Mange ces aliments. S'ils te sont néfastes, tu ne perds rien ici. Et s'ils te sont bénéfiques, ils te donneront de la force pour la suite. » Il les repoussa malgré tout du plat de la main, et se tournant sur lui-même, regarda dans les yeux chacun des neufs gnomes.

Le temps continua de s'écouler, sans doute pendant des heures. Brenny n'en avait plus aucune conscience. Il aurait été incapable de dire depuis quand il était assis au centre de l'étoile. Une lumière plus naturelle se fit dans la pièce. Des gardes vinrent et emportèrent les torches. Il se demandait à quoi tout cela pouvait rimer. Que lui voulait-on, à le scruter ainsi comme une bête sauvage ? Il repensa au colonel Lascot. Qu'aurait-elle fait, cette ordure dans cette situation ? Se serait-il jeté sur eux avec rage, pour l'honneur de son drapeau et dans un suicide qui n'aurait jamais intéressé personne ? Se serait-il mis à genoux pour implorer leur pitié ? Brenny tenta de se lever. Le gnome le plus proche de lui étendit aussitôt son bras, et le prisonnier sentit une force incommensurable dans tout son être qui l'empêcha de faire quoi que ce soit.

Il repensa aussi à la Dame blanche dont l'apparence lui avait parlé dans le vaisseau. Que lui aurait-elle dit, elle... Et il entendit immédiatement sa voix. Elle lui murmurait : « Sois ce que tu es. Ni plus ni moins. Personne de ta race ne peut te juger ici tant tu es loin d'eux. Personne de cette autre race ne peut savoir ce qui est bien ou mal pour toi. Sois ce que tu es » Il comprit cette phrase comme un encouragement à tenir bon. Et il se renforça dans sa fermeté jusqu'au soir.

Toutefois, si finalement il se laissa aller, ce fut en raison d'un phénomène dont il fut lui-même la cause et l'effet. À ce moment-là, la lumière commençait à faiblir. Les gardes revenaient avec des torches. Machinalement son regard suivit l'un d'eux et quitta le cercle. Il leva les yeux vers le plafond, où était redessinée l'étoile stylisée au centre de laquelle on le faisait se tenir. Il s'imagina sur ce même dessin, avec les neuf gnomes autour de lui. Et bizarrement, cette image lui apparut là où précédemment il n'y avait que l'étoile. Certains des neuf gnomes avaient commencé à réagir en émettant des petits gloussements. Ils n'avaient rien de menaçant. Il s'agissait plutôt de rires. Il regarda à nouveau le plafond, et le revit tel qu'il était à son arrivée, simplement décoré du mandala. Il ferma les yeux, s'imagina à nouveau avec les neuf êtres, et leva encore les yeux. Il y vit encore une fois les neuf gnomes lévitant à la circonférence de l'étoile stylisée, et lui-même au milieu.

Comprenant dès lors que cette vision n'était que le fruit d'une hallucination, il imagina cette planète dans le ciel étoilé, et regarda à nouveau vers le haut. Le firmament céleste y apparaissait, entouré de galaxies et de systèmes solaires qu'il ne reconnaissait pas. Il regarda fixement les individus situés devant lui, et leur demanda à voix haute :

— Qui êtes-vous, et que me voulez-vous ? Je ne suis, comme vous, qu'un simple être vivant, d'une race qui a créé sa technologie, et qui veut le bien de son espèce. Mais vous, qu'êtes-vous ? Est-ce que seulement vous existez réellement ?

— Nous existons, de même que toi tu existes. Nous voulons juste savoir qui tu es, et pourquoi tu es ici. Si nous ne sommes pas, ce moment de ta vie n'existe pas non plus. Accepte, et tu seras. Refuse-nous, et tu vivras dans l'irréel.

— Qui parle, s'écria Brenny. J'entends des mots mais pas de voix !

— Nul besoin de son pour communiquer. D'ailleurs les mots de ton langage ne sont pas assez précis pour nous. Laisse communiquer entre nous nos pensées respectives. Sinon, voici ce que nous ferons de toi...

Sans avoir eu l'impression de changer de place, Brenny fut propulsé au bord d'un grand canyon. En bas rugissait une rivière tumultueuse, écumant avec violence autour de blocs de pierre. Nulle végétation, ni autour de l'eau, ni contre les parois de l'à-pic. Juste la terre ocre de cette planète. S'agissait-il d'une nouvelle hallucination ? Ou d'une réelle téléportation ? L'image de la capsule de l'Aequalux explosant par le simple geste d'un gnome lui revint en mémoire. Les pouvoirs de ce peuple semblaient gigantesques. Mû par une prémonition, il se retourna. Le sol était sablonneux et ridelé, comme modelé sous le souffle d'un vent océanique. Des vaguelettes à perte de vue. Puis il aperçut, à quelques pas de lui, une sorte de chenille longue de quelques centimètres. Son corps était soyeux et tigré de jaune et noir.

Méfiant, il s'en éloigna, tout en continuant de regarder le sol. Une nouvelle chenille apparut, de l'autre côté de lui. Il pressentait qu'elles représentaient un danger, et qu'il devrait s'en prémunir en se dirigeant vers le ravin. Toutefois pour en reculer le moment, il s'éloigna du précipice. Dans un de ses pas, il marcha sur quelque chose de mou. Il jeta un coup d'œil. Il venait d'écraser une troisième chenille. De presque chacune des bosses de sable émergèrent alors de ces petits êtres. Le sol en fut rapidement recouvert. Puis elles se mirent en file indienne, formant des serpentins de dizaines de centimètres. Ceux-ci se rejoignirent, et certains grimpèrent les uns sur les autres. Il eut ainsi face à lui des cortèges de plusieurs mètres de long de chenilles processionnaires, de l'épaisseur de son poing. Leurs extrémités se soulevèrent devant lui, et dodelinèrent dans un mouvement plein de menaces. Comble de l'horreur, il s'aperçut que les chenilles avaient fusionné, et ces extrémités étaient maintenant des têtes ouvrant leurs gueules. Il recula vers le ravin. Une seule solution, fuir. Mais vers où ? Les serpents, puisqu'il faut leur donner un nom, se rapprochaient de plus en plus. Il donna un immense coup de pied dans l'un, le plus proche. Le monstre valdingua en perdant des chenilles. Quelques-unes s'étaient accrochées au bas de sa combinaison. Il secoua la jambe pour s'en débarrasser. Le serpent se reformait déjà et grimpa sur un autre, devenant plus gros et plus agressif. Les autres se combinèrent également avec ceux les avoisinant. Il était maintenant environné d'hydres longs de plus de cinq ou six mètres. Leurs gueules se dressaient désormais à hauteur de son propre visage. Il continua de reculer jusqu'à l'extrême bord du précipice, n'ayant rien pour se défendre. Un faux mouvement, ou peut-être une manœuvre souterraine de ces bêtes, lui fit perdre l'équilibre. Il eut le temps de penser que mourir, fracassé au fond du ravin, serait plus rapide et moins douloureux qu'être dévoré par ces monstres. Il chutait dans le vide, voyant la rivière se rapprocher de plus en plus. C'était en même temps très rapide et très lent.

Mais, avant de s'écraser tout en bas, il arriva dans un nouvel univers. Celui-ci était blanc de neige et de glace. Brenny se tenait au milieu d'un bosquet gelé, en haut d'une colline. Il ne comprenait pas. Comment était-il arrivé ici ? Le peuple de cette planète maîtrisait-il les écarts spatio-temporels ? Il refusa l'idée qu'il était déjà mort, et qu'il visualisait les premières images de l'au-delà. Il tenta de se souvenir... Il tombait dans l'abîme. La seule issue était une mort contre les rochers du torrent qui coulait en bas. Et soudainement, il s'était retrouvé debout dans un petit bois hivernal. Aucune transition n'avait eu lieu. Rien. C'est comme si la force de l'air l'avait happé pour le déposer ici, ou comme s'il était parvenu à cet endroit à pied. Non, même pas, puisqu'il n'en avait pas le souvenir. Il se concentra sur son corps. Seul le cœur battait un peu plus vite que la normale. L'adrénaline de la scène précédente en était vraisemblablement la cause.

Il éprouva le besoin de toucher le tronc de l'arbre le plus proche pour s'affirmer sa réalité. Il était rugueux et couvert de givre. Il regarda autour de lui, écouta ce nouveau monde. Des arbres blancs, des feuilles gelées, de la neige sur le sol qui crissait lorsqu'il marchait... Tout respirait ici le ralentissement de la nature en hiver. Il chercha un arbre plus grand que les autres, et s'en approcha. Après avoir vérifié la solidité de ses branches, il y grimpa. Un blanc cassé et sale recouvrait le paysage. Le ciel lui-même était bas, uniformément blanchâtre, couleur de neige. Nul rayon de soleil ne le transperçait. Et aucun bruit, pas même celui d'une brise quelconque.

Ce qu'il avait pris pour un bois était une immense forêt. Sur sa gauche, elle cessait, et laissait place à un sol en légère pente. Comme une prairie sous la neige. Il avait l'impression de connaître cet endroit, mais ne parvenait pas pour l'instant à l'identifier. Ce qui le surprenait surtout était l'absence de vie. Pas un seul cri d'animal, pas une seule habitation, ou fumée s'élevant vers le ciel... Enfin quoi, toute chaleur dans un environnement hivernal dégage de la vapeur ! Mais au fait, était-ce vraiment l'hiver ? En effet, quoique toujours habillé de sa simple combinaison spatiale, il ne ressentait pas le froid. Son souffle ne provoquait pas de buée... Il racla du givre sur une branche, le chauffa entre ses mains et regarda. Il avait fondu pour donner de l'eau.

Le ciel s'obscurcissait rapidement, et il fit noir de façon brutale. Brenny avait décidé de rester dans l'arbre pour la nuit. À moins que celui-ci ne s'avère devenir une plante carnivore à la nuit tombée, il considérait son abri comme l'un des endroits les plus sûrs de ce curieux univers. Il passa des heures les sens en alerte, guettant le moindre signe de vie, tout en s'efforçant de se reposer. Rien ne se passa. Aucun élément sonore n'était venu le perturber. S'il ne s'était pas souvenu du bruit de ses propres pas sur la neige, il aurait cru que ce monde ignorait les ondes sonores.

Le lendemain matin, il se dirigea vers le terrain en pente, dégagé de tout arbre. Cet espace le fascinait sans qu'il puisse en comprendre la cause. Il marcha longtemps dans cette plaine. Elle se terminait par une petite cuvette, resserrée entre deux falaises. Tout au bout, il vit d'immenses congères de glace. Ce fut à ce moment qu'il accepta d'admettre la vérité. Il était revenu sur l'île de son entraînement, l'île de la Désolation. Mais aujourd'hui, sous ses yeux, elle était morte, figée dans un hiver éternel, sans nulle trace de vie.

Pourquoi était-il ici, et pourquoi à cet instant, alors que la vie avait déserté l'île ? Pourquoi ne ressentait-il pas le froid ? Et puis, pourquoi ne s'était-il pas écrasé dans le torrent après l'attaque des chenilles ? Pour l'instant, il n'entrevoyait aucune réponse à ces questions. Aussi, Brenny, en bon soldat, décida-t-il de subvenir à ses besoins premiers. Et, nouvelle surprise, il s'aperçut qu'il n'avait ni faim ni soif. Encore de nouvelles interrogations en perspective. Il pensa également à sa prochaine nuit. L'arbre où il s'était reposé la nuit précédente était trop loin pour y retourner. Il grimpa alors sur un des côtés de la cuvette, et y construisit un abri en hauteur.

La nuit était à nouveau tombée rapidement. Convaincu de l'absence de toute présence dangereuse, il s'accorda la possibilité de dormir. De nouveaux mystères pourtant le questionnaient. Pourquoi les journées étaient-elles si courtes ? Pourquoi ne ressentait-il pas le froid de la neige ? Il en vint à s'interroger sur la réalité de ce monde, et donc de sa propre existence. Peut-être que la solution la plus logique était, malgré tout, qu'il était maintenant mort.

Il se souvenait qu'une source coulait à proximité, lorsque cette île était pour lui un lieu de prison et d'entraînement. Le lendemain matin, il décida de la retrouver. Ce point lui semblait essentiel pour relier ce curieux présent qu'il vivait et le passé qu'il avait vécu.

Il retrouva rapidement l'endroit. Les points de repère dont il conservait le souvenir, la plupart du temps des arbres, coïncidaient avec ce qu'il voyait. Normalement, l'eau jaillirait du haut d'un talus dans lequel elle avait creusé une vasque dans l'argile, derrière un chêne.

L'arbre était là, identique à l'image qu'il en avait. Même les feuilles étaient présentes. Mais, comme tous les autres végétaux, elles étaient mortes, semblant avoir givré instantanément. Il reconnut également la source et sa petite cuvette de réception. L'eau ne coulait pas. Son flot continuel s'était transformé en stalactite de glace. La vasque était devenue la gangue d'un énorme glaçon.

Brenny eut envie de boire. La neige ne lui inspirait pas confiance, en raison de toutes les interrogations qu'elle suscitait en lui. Par contre, l'eau de cette source lui avait toujours semblé agréable et rafraîchissante. L'évènement qui avait figé ce monde ne pouvait pas avoir pénétré au cœur de la Terre. Il avança l'avant-bras pour briser les stalactites, lorsque soudainement, il se vit au milieu de l'étoile à neuf branches, face aux gnomes dans le bâtiment où il avait été emmené.

Brenny n'en fut pas véritablement étonné. Trop de points étranges l'avaient surpris, auxquels ses raisonnements n'avaient pu apporter de solution. L'explication, logique et cohérente des réalités qu'il avait vécues, se trouvait dans cette salle. Il constata que les ténèbres de la nuit semblaient être restées identiques à celles du moment où son esprit avait quitté cette salle.

— Combien de temps cela a-t-il duré, demanda-t-il à l'assemblée.

Personne ne répondit.

Il reposa sa question, en regardant dans les yeux celui qui était en face de lui. Il l'avait fait instinctivement, pour donner plus de force à son interrogation. Plus tard, il apprit que dans le domaine de la télépathie, les questions entraînent toujours et systématiquement une réponse. La raison en est simple. Lorsqu'on interroge quelqu'un directement dans sa conscience, on perçoit obligatoirement sa réponse, quelle qu'elle soit. Aussi, il a été convenu que la personne questionnée transmet systématiquement une réponse appropriée. Ici cependant, peut-être en raison du caractère terrien de son interlocuteur, le gnome parvint à botter en touche :

— Le temps réel importe peu. Ce qui est important pour vous est ce que vous avez vécu. Et pour nous comment vous l'avez vécu.

Un autre prit la parole. Brenny se tourna vers lui, comme pour mieux l'entendre.

— Nous savions déjà beaucoup de choses à votre sujet.

Brenny haussa les sourcils de surprise.

— Oui... Nous vous suivions depuis déjà bien longtemps... N'en soyez pas surpris... Vous pensiez si fort à nous, sans savoir il est vrai qui nous sommes ou même si nous existons, qu'il était obligatoire que nous percevions à un moment ou un autre une sensation de votre quintessence.

— Oui, c'est nous vraisemblablement qui vous avons causé vos maux de tête. Et vos rêves nous ont également permis de vous sonder, dans ce que vous appelez votre conscient et votre inconscient.

— Mais toutes ces observations se faisaient de façon indirecte, et nous avons voulu vous voir à l'œuvre.

— Au cours des deux voyages dans lesquels nous vous avons emmenés, nous n'avons rien appris d'extraordinaire par rapport à ce que nous connaissions déjà sur vous. Nous vous considérons comme un être capable de raisonnements rapides et d'une adaptabilité extrêmement rapide à votre environnement lorsque celui-ci change. Vous êtes également très certainement bon dans votre métier, de gardien ou milicien, je crois.

Brenny nota qu'il n'avait pas réussi à penser le mot de soldat, comme si cette notion n'existait pas ici.

Un autre continua.

— Comprendre votre système d'éthique nous a été très difficile. Vous donnez en effet l'impression qu'il peut vous amener à faire des choses exceptionnel- lement grandes. Nous pensons même que vous pourriez mourir pour vos idées. Parallèlement, nous avons vu des miasmes d'actions assez infâmes et dans lesquelles votre sens de l'honneur n'apparaît pas. Êtes- vous d'accord avec ceci ?

C'est à peu près ce qu'on me disait sur Terre, pensa le prisonnier. Bon pilote, intelligent et salaud.

— Très bien, continua l'autre. Nous avons deux possibilités maintenant à vous proposer. Dans la première, nous ne nous occupons plus de vous. Vous vivrez là où vous l'entendez et comme vous le désirez. Sachez toutefois que vous serez seul de votre race. Votre existence n'aura aucune importance à nos yeux. Par contre, ce monde est tellement différent du vôtre, d'après ce que nous en avons appris, et vos huit sens semblent tellement restreints...

— Cinq sens, rectifia instinctivement Brenny.
Ce fut comme un roulement de tambour joyeux dans sa tête. La frayeur et la surprise passées, il comprit que chacun avait entendu, et que tous riaient entre eux de son interruption.

— Et, en plus, vous n'avez que cinq sens ! Je crois que vous avez vu en venant ici avec Sureh des dragons dans leur parade amoureuse. Leurs dragonneaux en sortant de leur œuf ont davantage de chances de survivre seuls trois mois ici que vous.

Cela devait être une excellente plaisanterie pour l'auditoire, car le roulement de tambour se fit à nouveau entendre dans sa tête. Le calme revint peu à peu à la demande de son interlocuteur principal.

— Au fait, reprit celui-ci, pourquoi votre peuple a-t-il voulu que vous veniez ici ? Nous n'avons pas trouvé de réponse à cette question. Nous avons donc décidé qu'elle n'avait pas d'importance. Mais puisque nous en sommes aux frivolités, est-ce que vous, vous savez pourquoi ?

— Ma planète est engagée dans la guerre galactique... Nos chefs ont découvert que vous appartenez à l'autre camp. Ils ont voulu vous connaître.

— Nous et parait-il notre fameuse énergie... Mais pourquoi donc voulez-vous que nous vous fassions la guerre. Nous savons à peine que vous existez. Pourquoi voudrions-nous vous détruire ?

— Vous, peut-être pas, mais vos alliés veulent nous vaincre.

— Et c'est ce que pensent les dirigeants de votre planète ? Décidément, les raisonnements de votre peuple sont à la hauteur de vos cinq sens.

Puis il reprit ses propositions. La première était de laisser Brenny survivre comme il l'entendait sur cette planète dont il ne connaissait rien. Aucun de ses habitants ne lui accorderait d'importance, d'animosité ou d'amitié. Cependant, comme il avait pu le constater, ce que ses cinq sens lui décrypteraient ne correspondrait pas forcément à la réalité. L'autre possibilité était de l'aider à vivre dans ce nouveau monde, qu'il ne quitterait vraisemblablement jamais. Son guide serait le gnome qui l'avait fait prisonnier, et qui s'appelait Sureh. En échange, il devrait accepter de dire tout ce qu'il savait sur la Terre, sans aucune restriction. Et c'est face à ce choix qu'il fut conduit dans une cellule.

Brenny s'y allongea, totalement abattu, beaucoup plus ému qu'il n'aurait voulu l'admettre. Il savait que refuser équivalait à se suicider. Même s'il n'avait jamais été dupe du rôle que l'état-major terrien avait voulu lui donner, cela n'avait rien d'agréable. Comment pourrait-il survivre dans un monde où les licornes sont carnivores, et où les dragons inspirent peu de craintes ? Il suffisait de la volonté d'un seul individu de cette planète pour qu'il se retrouve à combattre des monstres qui n'existent pas. Et admettons même que personne ne lui accorde d'importance, comme on l'avait prévenu, comment alors échapperait-il à la folie ? Plus prosaïquement, comment ferait-il pour simplement se nourrir ?

L'autre possibilité n'était pas reluisante non plus. Accepter de confesser tout ce qu'il avait appris depuis sa naissance sur la Terre le faisait passer pour un traître à ses yeux. Il était militaire, en mission en période de guerre. Parler était donner des indications à un ennemi. Oui, la Terre l'avait rejeté. Oui elle l'avait condamné pour une faute qu'il n'avait pas commise. Oui il lui en voulait. Mais lorsqu'il avait traversé la tempête de météorites, il avait montré, au moins à lui-même, qu'il était attaché à sa mission. Il lui aurait été si simple alors de rester sur son caillou, et de se laisser voguer jusqu'à des confins de l'univers que nul autre terrien ne connaîtra jamais.

Il en était là de ses réflexions, lorsqu'il reçut la visite du fantôme de la prostituée qui l'avait déjà accompagné dans son voyage spatial. Elle se tenait debout, devant sa couchette. Il se demanda si ce qu'il voyait avait une réelle existence, ou si ce n'était que l'effet d'un mirage de ses geôliers. Ils lui avaient appris qu'ils avaient écouté ses pensées pendant son voyage. Ils avaient donc vraisemblablement appris son existence. Et même si ce n'était pas le cas, quelle était la nature de cette vision ? L'esprit de la malheureuse ? Une image de sa propre imagination née de sa culpabilité ? Ou autre chose ?

La forme tendit les bras vers lui, comme si elle avait voulu prendre ses mains, et commença à lui parler. Il observa attentivement son visage, malgré le flou translucide dans lequel celui-ci baignait. Et il vit que ses lèvres remuaient selon les syllabes qu'il entendait. Si cette forme parlait, ce n'était donc pas assurément par télépathie. Et il accepta d'accorder du crédit à ce qu'elle dirait.

Elle commença par lui expliquer sa mort. Et non, il n'était pas en cause. Ce soir-là, malgré les acides et les médicaments, elle avait refusé de continuer à se vendre. Lorsqu'il était entré dans sa chambre et avait sorti son argent, elle avait préféré sauter. Mais non, il ne l'avait pas poussée. Juste regardée, avec ses yeux comme morts, noyés par tout ce qu'il avait déjà ingurgité ce soir-là. Si ce n'avait pas été lui, cela aurait été un autre. Mais maintenant, à cause de ça, il était sur une planète étrangère à tout ce qu'il avait rencontré, sans aucune compassion de la part de ceux qui l'y avaient envoyé.

Puis elle évoqua le présent.

— Il y a des cas où dire n'est pas trahir. Te taire revient à te suicider pour des gens qui t'ont expédié sciemment à la mort. S'ils l'apprennent, ils te nommeront traître, oui c'est vrai. Mais davantage pour avoir dérogé à leurs projets que pour avoir parlé. Car crois-tu vraiment qu'ils s'attendaient à ce que tu reviennes ? À toi de voir s'ils valent la peine que tu acceptes encore une fois d'être sacrifié pour eux.

Parle et vis. Tu apprendras moins aux gens de cette planète que ce qu'ils pourront décoder sur nos ondes. Parfois, tu sais, un bon militaire se doit d'être intelligent et salaud contre son propre camp, lorsque celui-ci n'en vaut pas la peine, et que parler est dire peu de choses.

Il entendait la cohérence de ce que cette femme morte disait. Et il reconnaissait en lui-même qu'elle avait sans doute raison. Mais quand même...

Il se rappela aussi ses pensées sur l'instructeur militaire, le colonel, et sur elle déjà, lorsqu'il était au centre de l'étoile. Était-il réellement à l'origine de ces sortes de rêves diurnes, ou avaient-ils été ordonnés par ce peuple de gnomes ? Comment pourrait-il s'habituer à un monde dans lequel il ne saura jamais si ce qu'il voit est la vérité, ou une hallucination décidée par un autre ? L'idée de vivre dans un monde virtuel le fit ployer. Les autres avaient gagné.

Dès le lendemain, on le ramena au même endroit. Beaucoup plus d'individus étaient présents, tous dans des tenues ternes et tristes. On le fit s'agenouiller au centre de la grande étoile, et on lui demanda de formuler sa réponse dans sa propre langue. Il s'exécuta. On le fit répéter. Il redit son choix. On lui reposa la question plusieurs fois. À chaque fois, il devait le dire de plus en plus fort. Pour finir, il cria.

— Oui, c'est vrai, j'accepte que lisiez en moi tout ce que je sais de la vie sur Terre.

Le processus commença alors. Les images se bousculèrent dans sa tête. Il revit les images de son enfance dans les forêts, près des rivières maritimes, les premières années dans les écoles, ses premières sélections militaires, ses premiers combats... Toute sa vie se déroulait dans sa tête, sans qu'il pût maîtriser quoi que ce soit. L'interrogatoire télépathique était si fort qu'il en avait mal à la tête. Il avait l'impression qu'elle allait exploser. Une nausée le prit. Il demanda une pause, qui lui fut refusée. Les scènes de sa vie continuaient à défiler. Il se leva, sentant qu'il allait être malade. On lui intima de se rasseoir.

Il revoyait toutes les créatures vivantes qu'il avait tuées, humains et animaux. Leurs yeux, le regardant dans leurs derniers instants, lui semblaient impitoyables. Il ressentait aussi toutes ses émotions face aux gens qu'il avait croisés. Haine, amour, jalousie. Il s'effrayait de s'apercevoir qu'il n'était qu'un être obéissant à des pulsions et aux ordres de la société.

Curieusement, tous ses souvenirs étaient très précis, comme si son inconscient en avait conservé des marques indélébiles, au-delà de ce que lui-même aurait pu croire. L'amour de sa mère, qu'il avait cru refouler inexorablement lui revenait. Il hurla de terreur face aux moments de bonheur qu'elle lui avait offerts. Il n'y avait aucun ordre dans tout ce qu'il revivait. Certaines séquences liées à sa petite enfance s'entrechoquaient avec son voyage dans l'Aequalux. Mais toutes étaient rigoureusement précises. Il ressentait maintenant de la compassion pour la prostituée qui s'était élancée par la fenêtre. Il comprenait, malgré son discours de la nuit précédente, qu'il aurait pu la sauver. Il aurait suffi qu'il reste sur le pas de la porte. Ou qu'il tende une main charitable en souriant, au lieu de sortir son argent.

Toute sa vie n'était que successions de détails. Pour échapper à quelques-uns, il avait pris des voies – qu'il avait cru choisir – et percevait maintenant qu'elles étaient des échappatoires à des moments qu'il ne voulait pas vivre. Puis il y eut le procès bâclé, la proposition de cette dernière mission. Et peu à peu une sensation lui vint. Elle s'imposa et écrasa toutes les autres. Elle concernait le responsable du camp d'entraînement avec son cynisme et sa stupidité. Ce type n'était pas humain. Non, il ne pouvait pas l'être.

Un désir de le tuer monta en lui. La tension était telle que le rythme de son cœur s'était accéléré, et que chaque battement lui cognait dans son corps entier. Du sang gicla de sa bouche. Il s'évanouit. La conscience lui revint faiblement comme on le ramenait dans sa cellule. Il crut percevoir qu'on l'avait étendu après l'avoir déplacé par lévitation.

Brenny mit de nombreux jours à se remettre de la séance de lecture de son cerveau. Il se sentait, littéralement, la tête vide et l'organisme vasouillard. À ces symptômes physiques s'ajoutaient des interrogations sur son acte. Bien qu'il s'agissait d'une décision réfléchie, et avec laquelle il restait en accord, ses années de soldats le faisaient se regarder avec remords. Quoiqu'il en dise, et en dépit de tous les arguments qu'il se répétait, une petite voix dans sa tête l'accusait d'être devenu traître à la cause de la Terre. Cela lui rappelait le suicide de la prostituée. Il n'y était pour rien, mais il aurait certainement pu, sinon l'empêcher, du moins le retarder. N'en était-il donc pas responsable ? C'était la même chose pour les bombes qu'il avait lancées et fait exploser sur les populations civiles d'autres planètes. Il n'avait fait qu'obéir à des ordres. Mais cela suffit-il pour se dédouaner de toute responsabilité ?

Sureh passa le voir durant cette période à plusieurs reprises. La première fois, Brenny en fut surpris. Et, se méfiant maintenant du pouvoir qu'avaient sur lui les habitants de cette planète-ci, il eut envie de le jeter dehors. Il craignait que l'autre, par un tour de passe-passe télépathique, ne lui envoie un flux quelconque afin de lui remonter le moral. Or il voulait rester lui-même dans ses interrogations.

Le gnome, cependant, lors de ce premier contact après l'épreuve dans la salle de l'étoile, resta à quelques mètres de lui. Dans un geste que Brenny comprit comme un refus pudique de s'immiscer à nouveau dans ses pensées, Sureh se mit les mains devant les yeux. Pendant le reste de l'entretien, il regarda peu Brenny, gardant la plupart du temps les yeux baissés vers le sol.

Il avait avec lui un paquet, qu'il ouvrit précautionneusement. Il contenait un œuf, d'une vingtaine de centimètres de haut et de couleur ivoire. Il expliqua qu'il s'agissait d'un œuf de dragon, et qu'il lui était offert en geste de courtoisie. Brenny ressentait tant de gentillesse et d'humilité de la part de son geôlier, qu'il reçut le cadeau avec sourire et demanda des détails. Il lui fut expliqué que le dragonneau devait naître dans quelques semaines. Il aura l'apparence d'une sorte de lézard. Quelques semaines encore plus tard, lorsqu'il aura conscience du monde qui l'entoure, il considérera le premier être vivant qu'il verra comme son parent. Il importera donc qu'à ce moment, Brenny soit présent.

Celui-ci ne put s'empêcher de penser aux légendes qui couraient sur la Terre au sujet de ces monstres cracheurs de feu. Sureh le rassura, amusé. Ceci n'avait lieu que lorsqu'ils avalent certains aliments. Autant dire qu'il s'agissait d'un problème de digestion. Ou même, Sureh réfléchit pour affiner sa pensée, ou même peut-être simplement gastrique. En fait, on racontait beaucoup de choses fausses au sujet de ces animaux sur sa planète d'origine. Ici, le dragon est plutôt considéré comme un animal stupide. Mais, les gnomes avaient remarqué que beaucoup d'étrangers le regardaient avec fascination, au point que certains voulaient en ramener chez eux.

En réalité, le dragon est à l'origine de beaucoup d'accidents à cause de son esprit simple, et souvent de la bêtise de leurs propriétaires. Ainsi, la plupart s'amusent à lui donner un doigt à mordiller lorsqu'il est bébé. Or, comme il en conserve le souvenir de façon très agréable, il cherche ensuite à retrouver cette sensation devenu adulte. Ce qui fait qu'il arrive à certains de manger leurs maîtres, presque par inadvertance.

Le sourire de Brenny se figea, et il regarda avec circonspection l'œuf devant lui. Sureh le tranquillisa. Dès lors qu'on évite ce genre de jeu, il respecte son propriétaire, et rien de fâcheux ne peut alors arriver.

Y avait-il d'autres recommandations ? En ce qui concerne sa nourriture, il n'y a pas à s'inquiéter. Dans les premières semaines, les réserves qu'il a accumulées dans l'œuf lui serviront. Ensuite, il grignotera des proies à sa portée, des insectes dans un premier temps, puis des petits rongeurs, et enfin des animaux de plus en plus gros. Quant à son espérance de vie, elle varie de quelques centaines d'années pour les sauvages, à pas plus d'un siècle pour les dragons de compagnie.

S'il est difficile de jouer avec lui comme avec un animal de compagnie, et s'il se nourrit ensuite seul, à quoi reconnaîtra-t-il son maître, demanda Brenny. Sureh répondit qu'il lui suffira de conserver l'œuf sur lui, afin que l'animal s'imprègne de son odeur.

Puis, prétextant la fatigue de son hôte, le gnome le laissa, non sans préciser que désormais la porte de sa prison sera ouverte. Toutefois dans un premier temps, afin d'éviter des incidents puisque Brenny ne décelait pas les illusions télépathiques, il était préférable qu'il ne cherche pas à loger ailleurs. Même si, bien sûr, il pouvait sortir et aller se promener comme bon lui semblerait. Puis il se retira, en promettant de revenir rapidement afin de commencer à l'éduquer sur la vie locale.

Puisqu'il en avait désormais l'autorisation, Brenny décida d'aller visiter la ville dès le lendemain, après avoir fixé l'œuf dans un sac contre la peau de son abdomen.

La ville était très petite, et les habitations peu hautes. Toutes semblaient avoir été construites avec le sable ocre du désert environnant. Elles ressemblaient à de grosses mottes, hautes de deux-trois mètres pour la plupart, percées d'ouvertures qui pouvaient être des fenêtres ou des portes. Il se dirigea ensuite vers les talus qui servaient de remparts, et qu'il avait aperçus à son arrivée. Ils encerclaient la ville en totalité. Il s'interrogea sur les grands miroirs qui y étaient répartis, à distance régulière, mais ne put y trouver d'explications. Tout était si étrange dans ce nouvel univers. Il se promit d'interroger Sureh à ce sujet.

Les quelques individus qu'il croisa dans sa promenade ne semblaient pas étonnés par son aspect bien différent du leur. Peut-être prenaient-ils son apparence pour une projection illusoire. Il termina le tour des remparts en trois heures. C'est dire si cette ville semblait modeste. Pourtant elle devait être importante, puisqu'il y avait été amené dès son arrivée. Il fit le parallèle avec ce qu'il se serait passé sur Terre dans pareil cas. Lorsqu'un pilote d'une autre planète est abattu, il est emmené, avec toutes les précautions possibles, jusqu'à un lieu, où on cherche à le maintenir autant que possible en bonne santé. Il s'agit toutefois d'un principe de précaution, plutôt que du respect au soldat vaincu. Certaines planètes étrangères ne plaisantent pas avec la vie de leurs individus.

Il posa l'œuf sur le bord du talus, et constata qu'il bougeait sous les coups du dragonneau. Le jour de l'éclosion était très proche. Il n'était pas dupe sur la raison de ce cadeau, en apparence désintéressé, offert simplement pour le remercier de son sacrifice de la veille. Il pouvait signifier plusieurs choses : la solitude qui l'attendait dans cette nouvelle vie, ou un dérivatif à ses remords. Il était possible aussi que ce dragon doive remplir le rôle d'un supplétif, puisqu'il était établi que lui, Brenny, avait moins de sens que les individus d'ici, et peut-être même que les dragons.

La perception que les gnomes avaient de ces animaux était également étrange. Ils semblent en effet être un symbole de leur planète, puisque les étrangers sont friands d'en recevoir en cadeau. Et parallèlement, Sureh et le haut responsable qui l'avaient interrogé en avaient parlé avec mépris. C'était, ça aussi, un sujet à creuser avec son nouveau mentor.

Sureh revint très vite, comme il l'avait promis, et des séances quotidiennes s'instaurèrent entre eux. Dans un premier temps il résuma à Brenny ce qu'il devait savoir de la vie sur sa nouvelle planète. Le terrien avait l'impression de retrouver ses premières années d'école élémentaire, lorsqu'il était enfant.

Puis ils travaillèrent sur les principes de télépathie, et les illusions que l'on peut créer chez autrui. Il va de soi que Brenny ne pourrait jamais atteindre le niveau des habitants de son nouvel univers. Mais peu à peu, il parvint à en acquérir les bases les plus grossières. Au bout de quelque temps, il réussissait à percevoir les pièges que Sureh lui tendait. C'était une forme moins fine, une perturbation dans son champ de vision... Il en décelait également en analysant l'ensemble de ce qu'il voyait. Cette partie de son apprentissage lui rappelait ses débuts dans les forces volantes de la Terre, lorsqu'il avait appris à piloter un planeur. Il ne voyait pas les courants ascendants des vents, mais tel relief, telle position d'un oiseau lui offrait les indications dont il avait besoin pour continuer à voler sans moteur. Les éléments ici étaient l'absence d'une ombre, un défaut dans la diffusion de la lumière, en résumé tout ce qui pouvait sembler illogique dans la scène qui se présentait à ses yeux.

Un élément important pour l'aider dans ce travail fut la naissance du dragonneau. Sureh par hasard était présent. Brenny fut fasciné par cet instant. Nul autre humain, il le savait, n'avait jamais assisté à cette scène et ne la verrait jamais. Et ce qu'il découvrit dépassa tout ce qu'il attendait.

Tout d'abord, le bébé dragon fit exploser sa coquille, en la frappant à l'intérieur de toutes parts. Lorsqu'il apparut à l'air libre, Brenny vit une sorte de forme rose, à la peau brillante comme s'il était recouvert d'un liquide gluant. Il ressemblait effectivement à un petit lézard avec une tête de crocodile et d'énormes orbites à l'emplacement des yeux. Sureh lui confirma que pour l'instant les yeux étaient fermés, et qu'il ne voyait rien. Il en profita pour rappeler ses mises en garde précédentes. Les quatre pattes étaient d'égale longueur. Brenny avait l'impression d'avoir face à lui un simple petit saurien, comme la Terre en recèle des milliers d'espèces. L'animal se dirigea ensuite vers les morceaux de coquille les plus proches, et entreprit de les grignoter. Puis, il disparut aux yeux de Brenny. Celui-ci interloqué et déçu, se tourna vers Sureh, pensant à une nouvelle illusion télépathique de sa part.

Ce dernier le détrompa. Il n'avait rien modifié. Les bébés dragonneaux étant très vulnérables, la nature leur avait offert la capacité de se camoufler en reproduisant, lorsqu'ils dorment, les couleurs du milieu où ils sont. En regardant mieux l'endroit où il l'avait vu juste avant sa disparition, il perçut effectivement une forme, de la même couleur que le sol de son habitation. Par la suite, au fil des semaines, il apprit à le découvrir, quel que soit l'emplacement où il se retirait pour dormir, et parvint même à visualiser les mouvements des flancs de son petit ventre au rythme de sa respiration.

Sureh l'emmenait souvent en promenade pendant leurs séances de travail. Il en profitait pour expliquer des éléments de la vie locale à Brenny. Un jour, alors qu'ils survolaient la ville, grâce au pouvoir de lévitation de Sureh, Brenny eut envie de connaître le fin mot de l'histoire des miroirs. Sureh, qui expliquait alors que la télépathie avait permis d'éradiquer le besoin d'une monnaie sur leur planète, s'interrompit et le regarda, semblant soupeser la décision qu'il devait prendre. L'autre s'en aperçut, et voulut s'excuser de l'avoir dérangé dans ses explications. Mais son désir de savoir était beaucoup trop important pour le cacher, puisqu'ils communiquaient encore essentiellement par la télépathie.

Le visage de Sureh se ferma, et il le ramena aussitôt dans la cellule qui lui servait de logis. Là, changeant totalement de conversation, il confirma à Brenny que, chaque fois qu'il avait été en ville, que ce fut lors de son arrivée en tant que prisonnier ou ensuite lors de ses promenades, les gens n'avaient effectivement jamais prêté attention à son apparence très différente. Son peuple n'est pas curieux de ce qu'il ne connaît pas. Leur plus grande joie est au contraire de rencontrer des individus leur ressemblant, que ce soit psychiquement ou physiquement.

L'autre cause de ce silence à son égard était sa faible puissance télépathique. Dans un monde où les natifs peuvent si facilement deviner les pensées d'autrui, quelqu'un qui ne peut pas utiliser cette forme de communication n'a pas plus d'importance pour eux que sur la terre une araignée dans un grenier abandonné. Devant le visage dépité de Brenny, Sureh voulut le consoler en lui expliquant que tous ses cours avaient pour but de développer en lui cette faculté.

Brenny fut surpris de cette réponse. Pour la première fois, Sureh s'était trompé à son égard. Celui-ci s'en excusa aussitôt, prétextant une interprétation trop rapide du croisement de deux émotions qu'il connaissait peu, la déception et l'égocentrisme, et ils décidèrent d'en rester là pour cette séance.

Lorsqu'il revint le lendemain, un grand sourire illuminait son visage. Il expliqua à Brenny qu'il avait reçu l'autorisation de lui parler des miroirs qui le fascinaient tant. Ils volèrent jusqu'à l'un d'entre eux. Là, il lui demanda de décrire tout ce qu'il voyait depuis leur emplacement. Brenny fit lentement le tour sur lui-même, regardant comme s'il le découvrait son environnement, et répondit.

— Je vois une ville, peut-être petite, peut-être grande, je ne sais pas. Petite pour les gens de mon origine, mais peut-être importante pour ceux de ta race. Elle est constituée de petites habitations, construites en matériau local, et cette ville est entourée d'une sorte de haut talus de terre, ayant pu servir de fortifications dans les temps anciens. Tout autour de cette ville, il n'y a rien, qu'un immense désert, de terre, de rochers peu élevés et de sable. Au loin, très loin, il y a des étendues où des espèces végétales poussent. Au-dessus de cette sorte de rempart sont plantés de très hauts pieux, sur lesquels sont fixées des plaques métalliques. Les gens de mon espèce pourraient les appeler des miroirs, car l'environnement s'y reflète.

— Et les voit-on de loin ?

— Oui, assurément.

— Eh oui, toute personne venant ici voit ces engins mystérieux au-dessus de nos anciennes fortifications. Tu es venu ici à cause de notre soi-disant énergie. Si tu avais su que nos pouvoirs télépathiques étaient si grands, tu aurais pu penser que ces grands miroirs servent à recevoir les pensées d'autrui, ou à envoyer nos propres pensées, n'est-ce pas ?

— Oui, comment aurais-je pu faire autrement ?

— Il n'en est rien. Ce sont des leurres. Et comme maintenant, nous considérons que tu es des nôtres, nous allons te montrer le véritable siège de notre énergie.

Il fit s'envoler Brenny, et ils retournèrent dans le grand bâtiment où Brenny avait été amené la première fois, pour le déposer dans la pièce où était dessinée une étoile sur le sol.

— Regarde maintenant...

Il tendit un bras et fit un geste lent et gracieux. Un mur disparut, et Brenny put voir dans une pièce qui s'ouvrit des centaines de gnomes assis en tailleur, en lévitation à plusieurs dizaines de centimètres au-dessus du sol, les yeux fermés, parfaitement concentrés.
Sureh reprit.

— Ce sont eux, ce que vous avez pris pour notre énergie. Ils écoutent l'ensemble des pensées qui nous parviennent jusqu'ici à travers l'univers. Celles de la Terre sont peu écoutées. Vous êtes trop lointains pour avoir une importance significative pour nous. Et sincèrement, vous n'êtes pas non plus très intéressants. Même votre technologie, dont vous êtes si fier, nous fait sourire. Toutefois, vous avez pu déceler notre flux de pensée, sans savoir ce que c'était. Là je dois reconnaître que vous avez fait fort, mais c'était sans doute un hasard. Les conditions de ton envoi ici montrent d'ailleurs que vous n'y avez rien compris. Et parfois, je me suis même demandé si vous en aviez vraiment envie.

Évidemment, dans ce flux, il arrive parfois que nos propres pensées vous parviennent. Vos enfants sont les plus sensibles, d'ailleurs. C'est pour cela que vous connaissez nos dragons ou nos licornes, sans jamais les avoir vus.

Il abaissa le bras, et le mur se referma.

— Tu vois, nous avons voulu te montrer que nous te faisons confiance.

Le temps avait passé. Il y avait désormais de nombreux mois que Brenny vivait ici. À part Sureh et quelques rares autres individus, le peuple de cette planète affichait à son égard une indifférence polie. Il avait accepté cette situation, comprenant qu'elle n'était pas un rejet de sa propre personne. Juste une démonstration de ses faibles capacités télépathiques.

Sur ce point toutefois, il avait progressé et parvenait maintenant à faire croire à son dragon des illusions. Il en était heureux, et parvenait à s'en contenter. Car comme Sureh lui l'avait rappelé, il ne pouvait pas aller beaucoup plus loin dans ce domaine, à moins exceptionnellement d'intenses pulsions.

Sa promenade favorite restait les talus encerclant la ville. Il aimait s'y prélasser le soir avec son bébé dragon, regardant les efforts de celui-ci qui jouait à traquer des insectes ou de petits rongeurs. Il n'était pas parvenu à lui donner un nom. La raison en était sans doute qu'il avait appris que ces animaux ne possèdent pas d'ouïe.

Lors de l'une de ces balades, il ne put s'empêcher de repenser à tout ce qui lui était arrivé, depuis son procès et sa fausse exécution jusqu'à son arrivée ici à la recherche d'une énergie inconnue. Il regarda le ciel, uniformément bleu, et imagina le flux de pensées dans lequel cette planète baignait. Il eut envie d'y plonger, et se demanda s'il pouvait en profiter pour revoir la Terre. Il ferma les yeux, et se concentra, remontant dans ses souvenirs, à partir de son arrivée ici jusqu'à la tempête de météorites, puis le départ de l'île de la Désolation avec le cadavre de 242 dans sa cabine de l'Aequalux. Continuant de se concentrer, il visualisa le village du camp. Certains détails, différents de ceux de sa mémoire, lui firent comprendre qu'il survolait bien par la pensée cet endroit.

Heureux et fier d'avoir atteint cette performance, il décida de continuer et d'entrer dans le baraquement qui servait de résidence au colonel de l'île. Aucune porte ou fenêtre n'était ouverte. Cela n'avait pas d'importance car il s'aperçut, avec surprise, qu'il avait la faculté de traverser les murs. Il vit l'officier dans un bureau où il n'avait jamais été autorisé à entrer. Il ne parvenait pas pour l'instant à voir son visage. S'agissait-il toujours de Lascot ? Le chef du camp semblait travailler sur des registres en papier. Une éphéméride était accrochée à un mur. La date qu'on y lisait était postérieure de plus de trois ans à celle de son départ.

Brenny fit le tour de la pièce, et se tint face à lui, ne sachant pas si l'autre le verrait. Au bout de quelques minutes, l'officier leva les yeux. C'était bien Lascot, ce cher Lascot à qui il avait promis des coups de pied dans le cul à son retour. Le colonel eut un sursaut, sortit immédiatement un révolver d'un tiroir, et fit feu sur son visiteur. Par réflexe, quoique sachant qu'il ne pouvait pas être blessé, Brenny fit disparaître aussitôt son image et sa pensée réintégra sa nouvelle planète.

Le lendemain, il raconta cet épisode à Sureh. Celui-ci expliqua, avec son ton calme habituel, son voyage télépathique par le ressentiment que Brenny éprouvait pour l'individu et l'autorité qu'il représentait. Une émotion, quand elle est très forte, peut effectivement amener des individus aux faibles possibilités comme lui, à entrer en contact avec des scènes très lointaines dans l'espace.

Le soir même, il revint à la même place et tenta de se reconcentrer comme il l'avait fait la veille. Il se retrouva à nouveau dans le bureau de Lascot. D'avoir pu renouveler son voyage lui semblait déjà une victoire. Mais il voulait davantage, sans savoir cependant jusqu'à quel point.

Le colonel travaillait encore sur ses registres, penché comme la veille sur son bureau. Son révolver était toutefois posé sur son bureau, à proximité immédiate de sa main droite. Brenny savait donc depuis la veille que l'autre le voyait. Mais l'entendait-il ? Il décida de s'amuser, et toussota. L'autre leva la tête, le revolver déjà en main. Ses traits étaient tirés, son teint blafard.

— Oui, Brenny, je t'ai reconnu. Et hier, quand je t'ai tiré dessus, tu as aussitôt disparu. Et tu reviens. C'est normal, les fantômes ne meurent pas. Car tu es mort, je le sais. C'était déjà décidé avant même que tu sois choisi. Alors je suppose que tu es là pour te venger. Mais moi, je n'ai fait qu'obéir aux ordres. Oui, je le sais, tu m'as pris pour un gros dégueulasse. Et je le suis sans doute. À tes yeux je suis le chef des matons, l'ordure obligée. Mais tu ne sais rien de moi. Et ce n'est pas moi qui t'ai assassiné. C'est la guerre, c'est l'état-major, c'est l'armée.

Je comprends que tu m'en veuilles, mais alors il faut que tu te venges de tous, depuis le Commandant qui est allé te chercher en prison et qui t'a raconté ses bobards, jusqu'aux ingénieurs qui t'ont prévu la bonbonne de gaz létal. J'espère que tu ne les as pas crus quand ils t'ont dit qu'elle se déclencherait à la fin de tes vivres au bout de deux ans. Elle était couplée sur les moteurs de ta capsule de retour. Le délai était en réalité de trois jours. Juste assez pour te permettre de quitter cette planète. Et ensuite on espérait récupérer ta capsule pour y lire toutes les infos que tu aurais récoltées.

Brenny ingéra l'information, mais décida de ne pas y prêter d'importance pour l'instant. Il souhaitait d'abord continuer à jouer avec Lascot. Il mima une grimace affreuse sur son visage, et leva les mains, les doigts écartés, comme on fait aux enfants pour les effrayer.

Le colonel prit son revolver, le pointa vers Brenny, hurla :

— Non, Brenny, moi, tu ne m'auras pas,

Puis il retourna l'arme contre sa tempe et tira. La scène s'était déroulée très rapidement.

Brenny fut horrifié de cet acte qu'il n'avait pas voulu. Il revint aussitôt sur sa nouvelle planète, et appela Sureh. Celui-ci arriva très rapidement. Brenny, des larmes dans les yeux, lui raconta cette scène atroce. L'autre écouta calmement, concentré, réfléchit quelques instants et déclara, avant de le laisser :

— Tu as voulu jouer avec des pouvoirs que tu ne maîtrises pas encore. C'était une erreur, et elle s'est retournée contre toi. Ce que je constate cependant, c'est que de tous les gens que tu as tués, le meurtre qui t'aura le plus ému est sans doute celui d'un de ceux que tu hais le plus. Les innocents que tu bombardais ne t'ont pas fait pleurer ainsi. Une vérité n'existe donc pour toi que parce que tu l'as vue ? Et qui te dit que cet homme ne t'a pas utilisé comme prétexte pour se suicider, un peu comme cette femme dont tu parles rarement ?

Je sais que tu voudras à nouveau voyager par la pensée. Et je t'y invite. Mais puisque tu n'as que cinq sens, essaye d'abord de filtrer tes émotions. Prends sur toi et dans un premier temps rends visite à des gens que tu apprécies.

Des gens qu'il appréciait ? Il n'avait plus de famille depuis longtemps. Ceux qu'il avait appelés ses amis étaient plus des compagnons de virées et de permissions qu'autre chose. Des camarades pour s'oublier dans le temps qui passe.

À ses côtés, le dragonneau regardait des cailloux fixement comme s'il voulait les hypnotiser. Puis il sautait sur eux, tentait de les croquer et les recrachait. Lui aussi était en apprentissage de la vie.

Si pourtant. Il y avait cette femme que Brenny avait cru aimer par-dessus tout. Elle s'appelait Milla. Il se remémora le petit appartement où ils avaient espéré pendant quelques temps se construire une vie. Mais elle n'avait pas pu le suivre lorsqu'une mutation l'avait envoyé à l'autre bout de la Terre. Ensuite, les communications en hologramme n'avaient pas fait le poids face à la distance. Ou peut-être que leurs liens n'était pas suffisamment puissants pour la surmonter. Mais si Milla vivait encore, elle demeurait vraisemblablement la seule personne chez qui tenter un nouveau voyage.

Brenny ferma les yeux et, assis en tailleur, tenta de faire resurgir en lui les sentiments d'amour qu'il avait ressentis pour elle. Il se concentra tant sur les moments heureux que tous deux avaient vécus qu'il eut l'impression de revenir dans son émotion amoureuse des premiers jours de leur relation. Puis il projeta son esprit en direction de la Terre.

Il la visualisa aussitôt. Seule derrière le comptoir d'un snack-bar ambulant installé au milieu de hautes tours de bureaux, elle s'affairait à servir des clients qui attendaient nombreux. C'était l'heure du grand rush de la mi-journée. Le cœur de Brenny se mit à battre de plus en fort. Elle avait peu changé. Ses yeux surtout étaient restés identiques, toujours aussi vifs et pétillants. Son esprit retrouvait dans cette femme la Milla qu'il avait tant aimée. Un sentiment de bonheur et de plénitude grandissait en lui. Des frissons de joie le parcouraient. Il le sentait, leurs deux vies devaient à nouveau se réunir.

Une photographie accrochée sous le comptoir, à l'abri des regards, attira son attention. C'était lui, le jour de son diplôme de pilote extra-atmosphérique. Il posait crânement dans son uniforme neuf, les poings fermés à hauteur de la poitrine, mimant la position d'un boxeur.

Brenny n'avait pas suffisamment d'entraînement pour effectuer par la pensée des voyages longs de quelques heures. Mais il sut alors qu'il reviendrait.

Il prendrait l'apparence de celui qui est sur la photo. Même visage, mêmes vêtements. Il se dirigerait vers le snack-bar un après-midi lorsqu'elle qu'elle aurait terminé de travailler. Il s'arrêterait à quelques mètres. Il attendrait qu'elle le voie. Puis qu'elle le reconnaisse. Il patienterait jusqu'à ce qu'elle parle la première. Le gamin conquérant qu'il était auparavant n'existait plus. Elle lui poserait sans doute des questions. Il répondrait à chacune, avec la sincérité que le contact des télépathes lui avait apprise. Du passé, ils en viendraient sans doute à leurs propres présents. Là, il lui raconterait son nouveau monde. Peut-être même qu'il lui en projetterait des scènes si elle le désire.

Cette prise de contacts, il en était certain, sera suivie d'autres rencontres. Il ne leur sera pas possible de revivre une histoire similaire à celle qu'ils avaient déjà connue. Cette photo-souvenir montrait cependant l'importance qu'il avait dans sa vie, encore aujourd'hui. Brenny revint sur sa nouvelle planète, empli de la joie et de la confiance que lui offrait cette certitude. Il appela immédiatement Sureh, voulant lui raconter sans tarder son bonheur. Et aussi pour lui demander des conseils afin de prolonger et améliorer ses voyages télépathiques.

FIN